MANGA
ERSTE SCHRITTE
Shojo

MANGA
ERSTE SCHRITTE
Shojo

Alles für den Start zum Zeichnen im beliebtesten Stil des japanischen Comics

CHRISTOPHER HART

EDITION FISCHER

Impressum

Bibliografische Information Der Deutschen Bibliothek
Die Deutsche Bibliothek verzeichnet diese Publikation in der Deutschen Nationalbibliographie; Detaillierte bibliografische Daten sind im Internet über http://dnb.ddb.de/ abrufbar.

EIN BUCH DER EDITION MICHAEL FISCHER

Beitragende Künstler:

Christopher Hart
Rhea Silvan
Tabby Kink
Roberta Pares
Laichro
Adetyar Rakhman
Tina Francisco
Erica Awano

Titel der Originalausgabe: „Manga for the Beginner Shoujo"

Aus dem Amerikanischen übertragen von
Hanne Henninger

3. Auflage 2014

Gesamtherstellung: Edition Michael Fischer GmbH

Printed in China

ISBN 978-3-939817-84-0

If you can dream it, you can be it.

CHRISTOPHER HART

Inhalt

Einleitung

HIER IST DAS MANGA-SHOJO-SPEZIAL-BUCH für alle, die in diesem besonderen Stil zeichnen möchten. Shojo (gesprochen Schotscho) sind japanische Comics, die sich vor allem an heranwachsende Mädchen richten, dabei aber gleichermaßen eine stattlich große männliche Fangemeinschaft begeistern. Es handelt sich um den weltweit beliebstesten Manga-Stil – und dieses Buch wendet sich vorwiegend an Einsteiger, die von der Pike auf lernen möchten, wie man ihn zeichnet. Vielleicht habt ihr bereits Erfahrung auf anderen Gebieten der Kunst und euer Manga braucht ein wenig Hilfe. Oder ihr wollt eure Manga-Zeichenkunst etwas ausbauen und eine höhere Stufe erreichen. Dann habt ihr genau das richtige Buch in der Hand! Manga – erste Schritte Shojo enthält viele zusätzliche Anleitungsschritte, die über das übliche Schritt-für-Schritt-Konzept hinausgehen und jeden Punkt der Anweisung noch leichter nachvollziehbar machen. Zudem behandelt es ausführlich die künstlerischen Grundregeln, auf die ihr euer Manga stützen und weiter aufbauen könnt. Alle eure Lieblingscharaktere sind vertreten – von Magical Girls über hübsche Jungs bis hin zu Katzenmädchen, Goth-Boys, teuflischen Gals und vielen mehr. Ihr erfahrt außerdem das Geheimnis, wie man den älteren männlichen Teenager-Shojo-Charakter zeichnet. Diese berühmte Manga-Figur aus Japan überflutet gegenwärtig auf einer beispiellosen Welle der Beliebtheit die westliche Comicwelt und wird hier in einem ganzen Kapitel mit zahlreichen Einzelschritten und Spezialtipps ausführlich behandelt. Mit anderen Worten, ihr lernt die Basics zum Darstellen der coolsten Charaktere aus dem Shojo-Genre. Hier gibt's keine langweiligen Modelle zum Abkopieren, sondern richtigen Manga, gezeichnet im allerneuesten Stil, den Tokio zu bieten hat. Warum sollte man sich mit weniger zufriedengeben? Die unterhaltsamen Beschreibungen sind speziell auf angehende Künstler zugeschnitten und durch die vielen zusätzlichen Tipps und Tricks zu jedem Thema – vom Kolorieren bis zum Aufbau der Charaktere –besonders hilfreich. Dieses Buch ist euer unentbehrlicher Begleiter, denn ihr werdet als Otaku (Manga-Fan) beginnen und am Ende ein Mangaka (Mangakünstler) sein.

DAS SHOJO GESICHT

FÜR DAS TYPISCHE SHOJO-AUSSEHEN sind besondere Elemente und Proportionen erforderlich: große, strahlende Augen, ein kleiner Mund und eine winzige Nase. Ich sehe häufig, dass Anfänger mit großer Sorgfalt die Augen ausarbeiten. Sie haben intuitiv erkannt, dass diese eine bedeutende Rolle beim Gestalten des Charakters spielen. Aber es ist ihnen nicht immer bewusst, dass ein Charakter, der riesige Augen hat, auch eine sehr große Stirn braucht. Als Gegengewicht dazu besitzt der Charakter eine ausgesprochen kleine Mundpartie. So entsteht genau die typisch „niedliche“ Gesichtsform, die den Shojo-Kopf so reizvoll macht. Vergesst also nicht: Kein Teil des Gesichts besteht für sich alleine. Jede Partie braucht immer ein Bezugssystem, das ihrer individuellen Größe und Form Rechnung trägt.

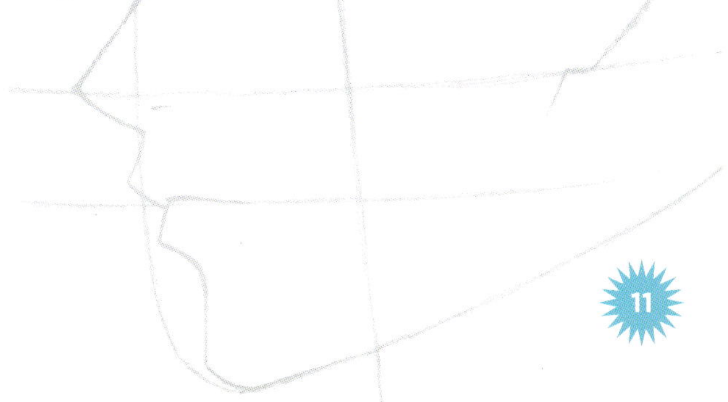

MANGA-STILE

Was bedeutet Shojo-Stil? Shojo ist das am meisten gelesene Genre des japanischen Comics. Es dreht sich meist um jugendliche Charaktere und Geschichten, die sich mehr an junge Mädchen richten, obwohl Jungs sie auch gerne lesen. Die Mädchen werden immer hübsch und niedlich dargestellt. Jungs haben ein jugendliches und strahlend gutes Aussehen. Die etwas älteren männlichen Teens werden als reife, schneidige Hauptdarsteller präsentiert. (Ab Seite 108 beschäftigen wir uns näher mit den verschiedenen männlichen Charakteren.) Im Moment konzentrieren wir uns auf die weiblichen Figuren, denn sie sind die Stars dieses Genres (und außerdem das Hauptpublikum). Das Einordnen in die richtige Altersgruppe spielt eine wichtige Rolle, weil sich bei einer Änderung der Altersgruppe auch das Genre ändert. Achtet deshalb darauf, dass eure Shojo-Mädchen wie Zwölf- bis Siebzehnjährige aussehen. Wirken sie jünger oder älter, fallen sie nicht mehr in das Shojo-Genre, wie ihr hier unten sehen könnt.

CHIBI
Alter 5–8

KODOMO
Alter 8–11

BISHOJO
Alter 18–21

SHOJO
Alter 12–17

NORMALE AUGEN IM VERGLEICH ZU SHOJO-AUGEN

Nachdem die bezaubernden Augen bei Shojo so berühmt sind, nehmen wir uns etwas Zeit für eine genauere Betrachtung. Die linke Spalte zeigt Manga-Augen, wie sie wahrscheinlich ein Anfänger zeichnet: ziemlich schlicht mit einem krassen Schwarzweiß-Kontrast. Die Augen in der rechten Spalte sehen so aus, wie sie ein Manga-Künstler zeichnet: insgesamt einen Tick heller und „weichkantig“, damit sie weicher und funkelnder wirken. Auch die Wimpern sind dicker und üppiger. Versucht einfach einige der Beispiele abzuzeichnen. Sie müssen beim ersten Mal keinesfalls perfekt sein. Seid nicht zu selbstkritisch dabei und vergesst nicht, dass wir ja erst am Anfang stehen.

NORMAL

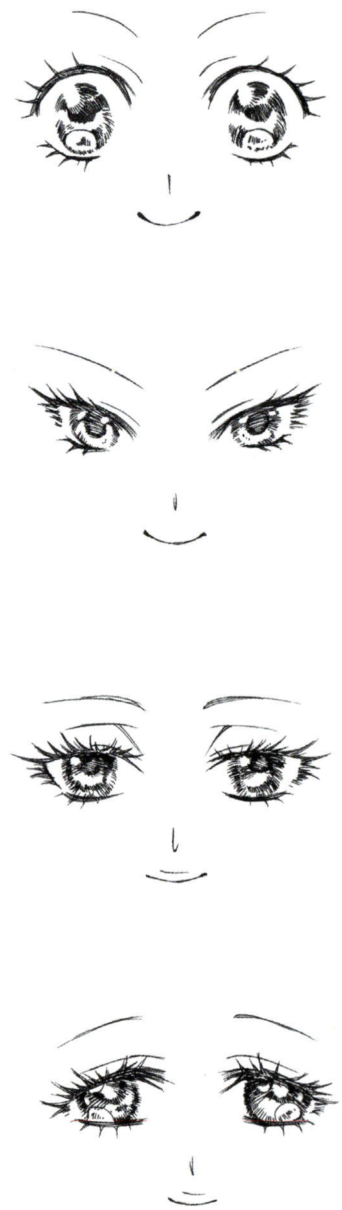

SHOJO

Beispiele für Manga-Augen in einer Übersicht

Es gibt weit mehr als nur einen richtigen Weg, Manga-Augen zu zeichnen. So habt ihr, falls euch ein bestimmter Stil nicht gefällt, viele Möglichkeiten. Bestimmt findet ihr ein Beispiel in der Übersicht, das ihr dann entweder übernehmen oder als Anhaltspunkt zum Improvisieren nutzen könnt. Beachtet aber, dass es nicht die Schattierung alleine ist, die ein Auge einzigartig macht, sondern vor allem die Form selbst. Manche Augen werden mit langen, andere mit kurzen und wiederum andere ganz ohne Wimpern dargestellt. Die Lider können auf dem Augapfel liegend oder als Bogen darüber mit einem kleinen Freiraum zwischen Lid und Augapfel erscheinen. In jedem Fall aber ist das Auge groß, rund, strahlend und hat viele Glanzstellen.

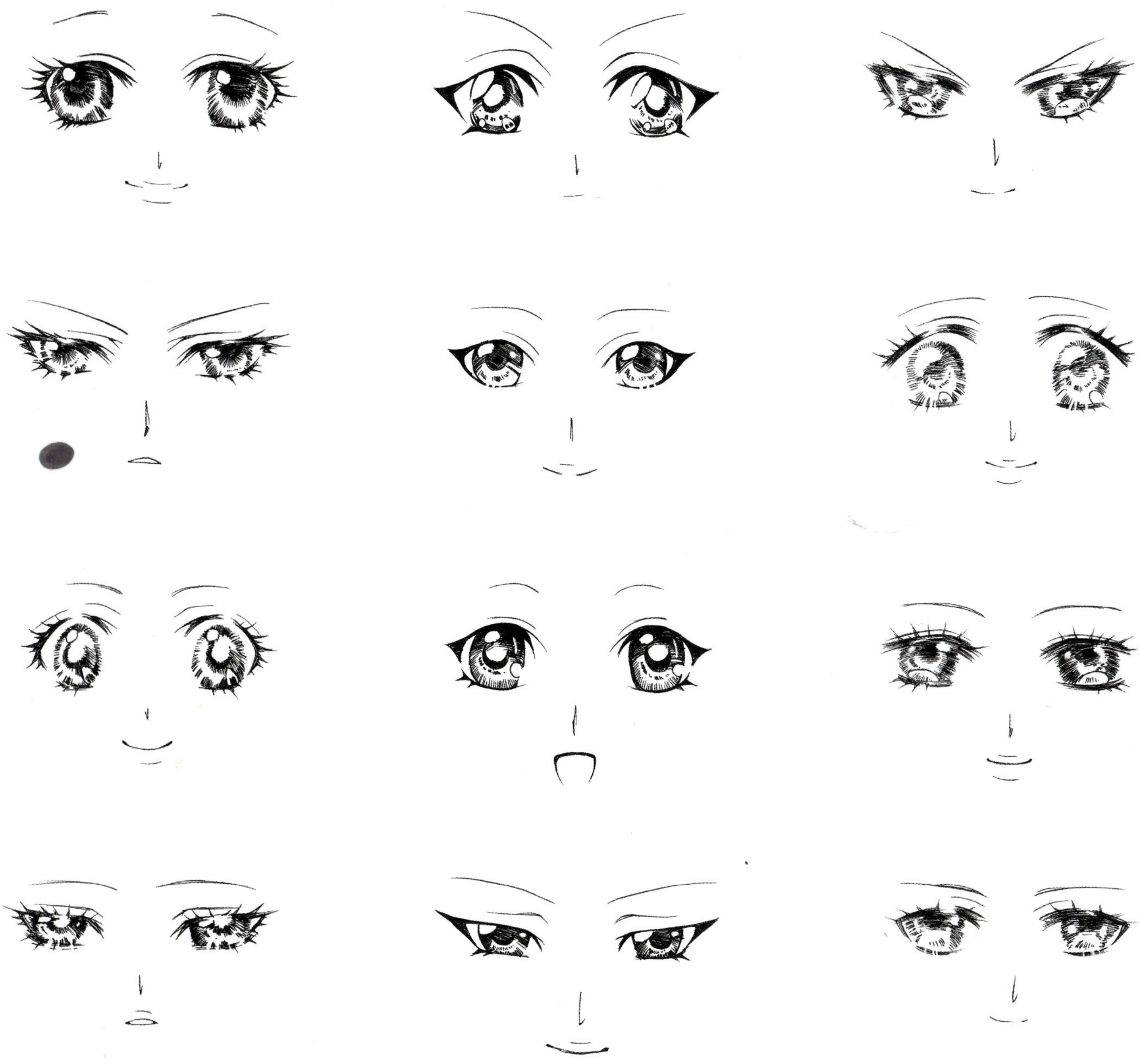

DAS GESICHT: FRONTALANSICHT

Wir beginnen mit der Ansicht von vorn, weil bei diesem Blickwinkel alles perfekt symmetrisch ist und auf derselben Höhe abschließt: zwei Augen, zwei Augenbrauen, zwei Ohren, die jeweils auf gleicher Höhe liegen. In den ersten Schritten bleiben die Umrisse der Ohren leer. Bevor die Details an die Reihe kommen, müsst ihr euch zuerst darauf konzentrieren, alle anderen Teile des Gesichts richtig zu platzieren. In diesem Anfangsstadium radiert und korrigiert man am meisten. Nur keine Angst vor Fehlern! Ihr könnt aus ihnen lernen. Jeder Profi-Künstler benutzt Radierer – und davon eine ganze Menge!

Mädchen

Haltet euch beim Zeichnen des Shojo-Mädchenkopfes immer an den Grundsatz: hohe Stirn, kleine Mundpartie. Nach dieser Regel ergibt sich eine leicht abgewandelte Eiform. Das geht leicht zu zeichnen und klappt immer. Achtet darauf, dass die Stirn ausreichend groß ist, damit die riesigen Augen Platz haben. Außerdem gehört die hohe Stirn zum typischen Aussehen der jungen und jugendlichen Charaktere. Mit zunehmendem Alter werden die Augen der Charaktere etwas höher positioniert, wodurch die Stirn dann kleiner wirkt.

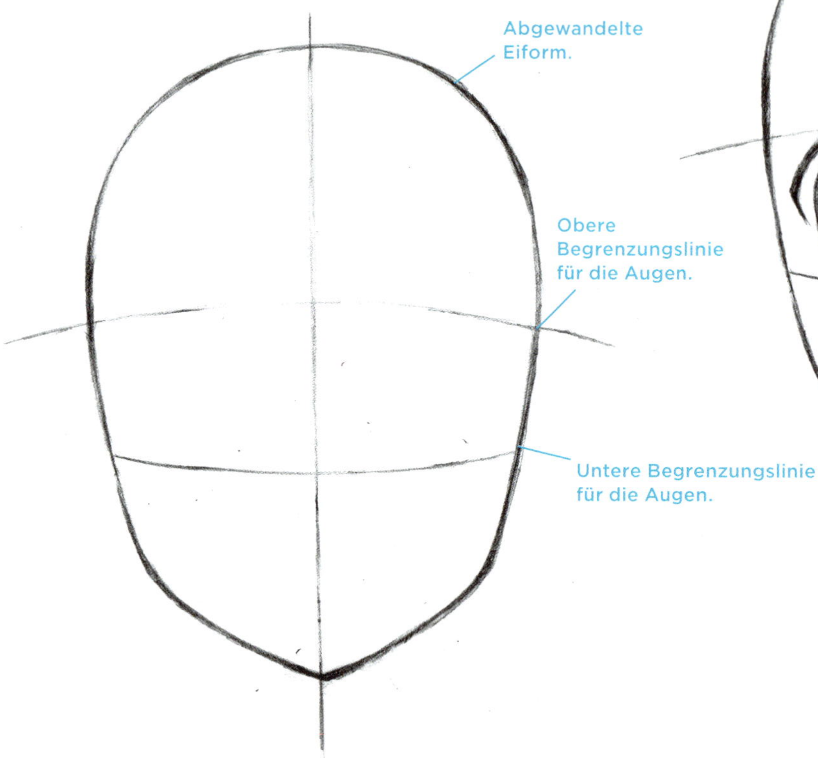

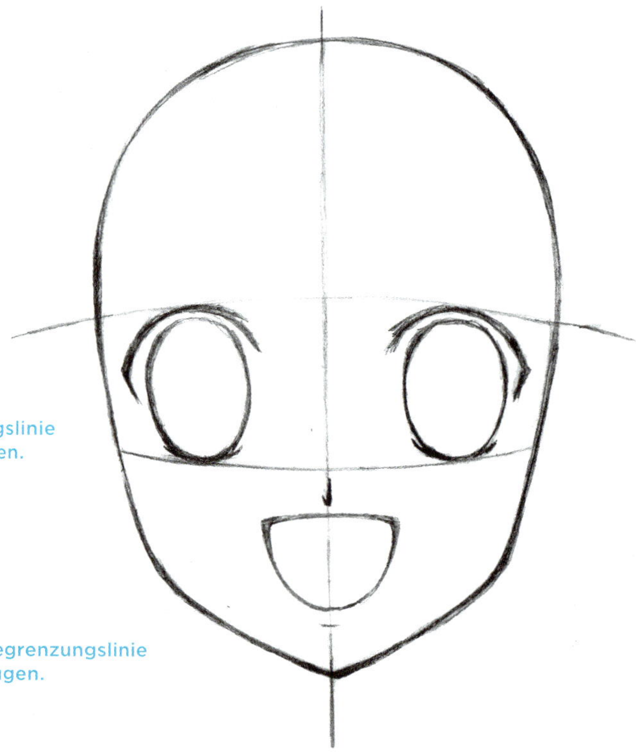

Das Haar hat Volumen.
Die Ohren haben ungefähr dieselbe Höhe wie die Augen.

Dünne Bogenlinien für die Augenbrauen.

Blitz-Tipp

Das Haar liegt niemals flach und platt auf dem Kopf. Es hat Volumen. Lasst also etwas Platz zwischen den Linien, die den Kopf umreißen, und denen für das Deckhaar.

GEINKTE VERSION

Achtet besonders darauf, wie der Künstler mit verschieden starken Tuschestrichen arbeitet, vor allem rund um die Augen.

FARBVORSCHLAG

Wie ihr seht, wurde hier ein gezackter Lichtkranz quer über das Haar gelegt. Auf diese Weise bekommt es seinen jugendlichen Glanz.

Jungs

Männliche Charaktere in höheren Teenagerjahren sind sehr beliebt im Shojo-Genre. Auch jüngere Teenager-Boys spielen, wie wir später sehen, eine große Rolle, sind aber bei weitem nicht so beliebt wie diese Romeos.

Wie beim Mädchen ist auch beim Jungen die Kopfform oval und basiert auf einer Eiform, allerdings ist sein Kinn wesentlich kürzer und kantiger. Da er etwas älter aussieht als die weibliche Figur, ist seine Stirn nicht ganz so hoch wie ihre und wirkt somit auch etwas proportionierter zum übrigen Gesicht. Die Augen sind schmal, elegant und haben weibliche Züge, die diesen Charakter fast androgyn erscheinen lassen. Als Mann hat er vollere Augenbrauen als das Shojo-Mädchen und typischerweise einen langen geraden Nasenrücken.

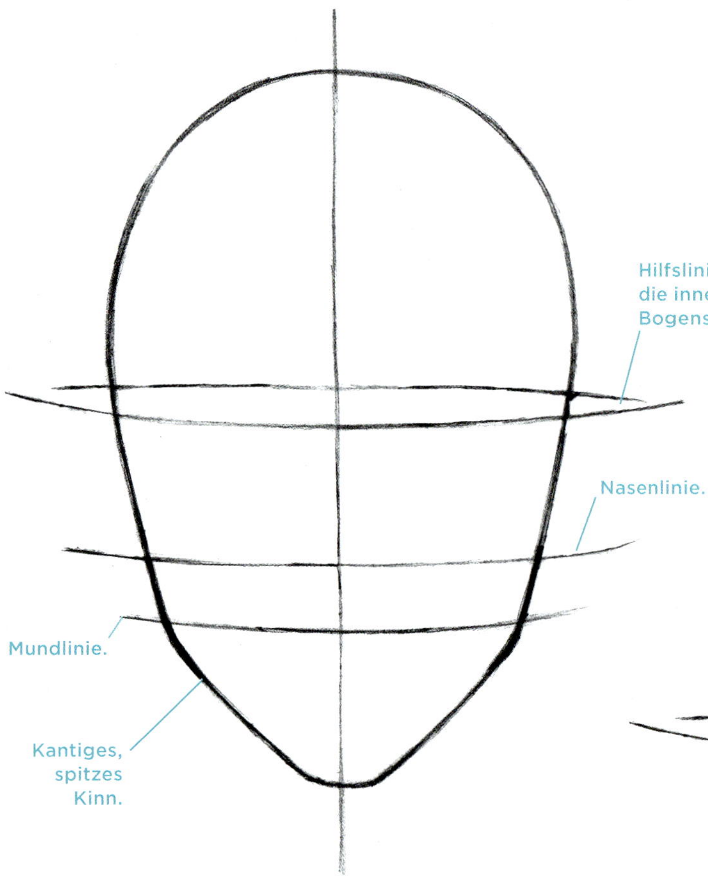

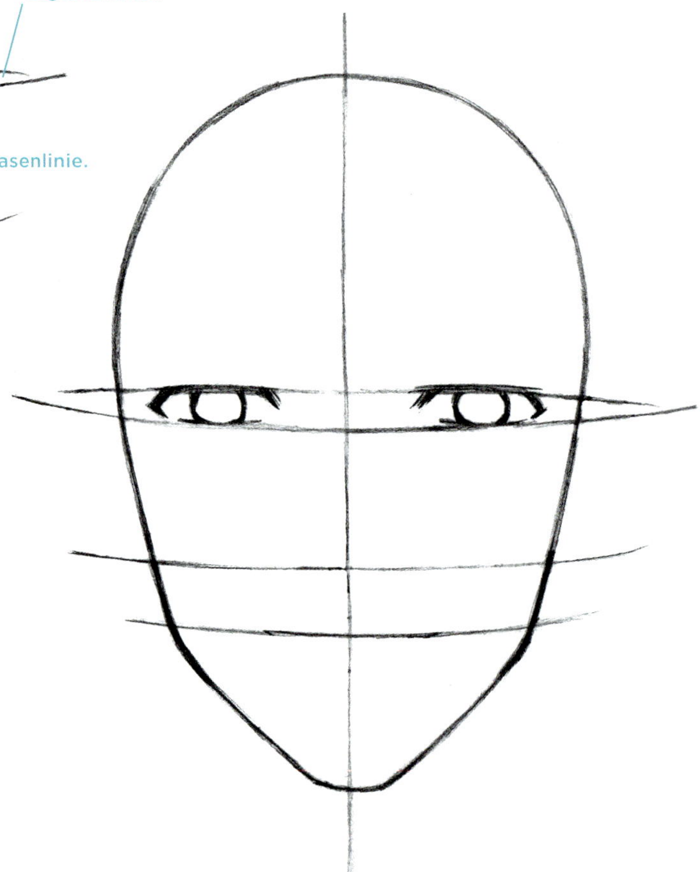

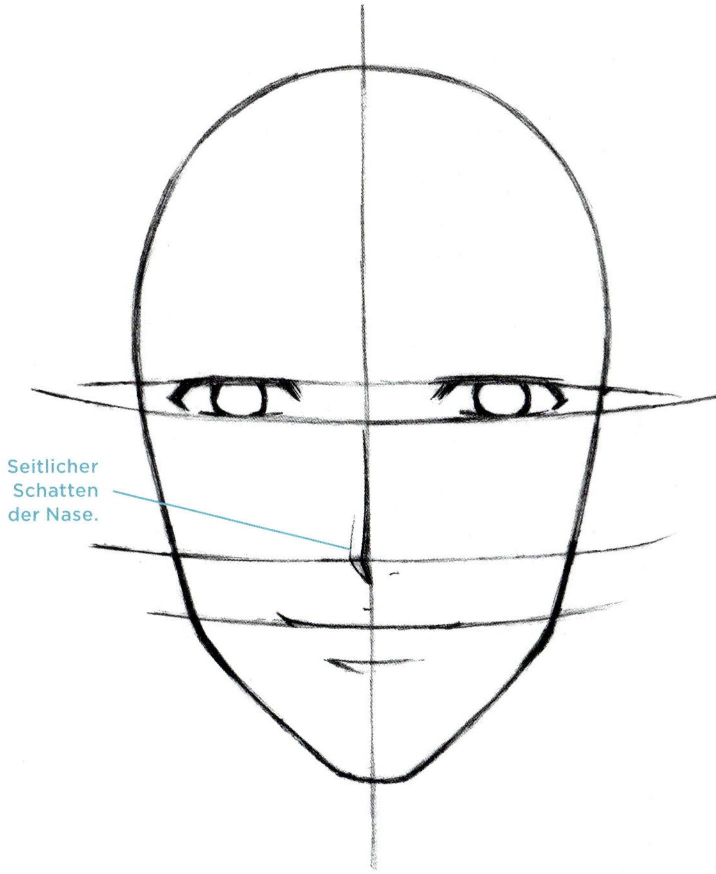

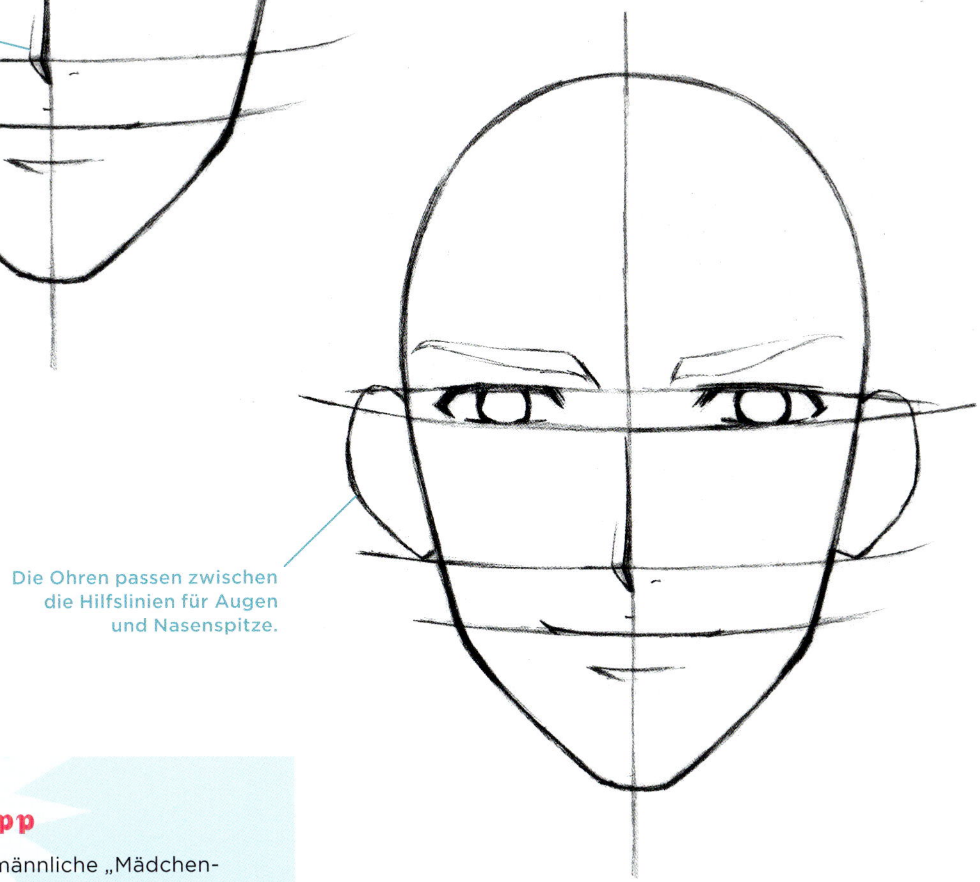

Blitz-Tipp

Der junge männliche „Mädchenschwarm“ hat ein schnittiges Gesicht mit mandelförmigen Augen und kantigem Kinn. Gebt ihm auch dicke, buschige Augenbrauen.

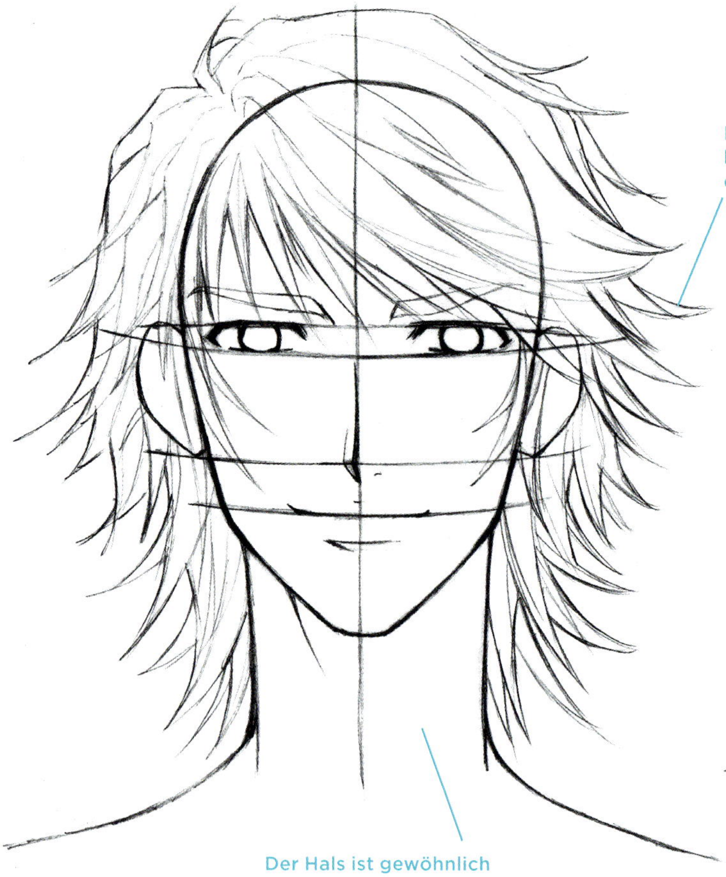

Mit etwas längerem Haar bekommt der Charakter ein romantisches Flair.

Der Hals ist gewöhnlich etwas dicker und gerade, um einen eindrucksvollen Körperbau zu vermitteln.

Es macht zwar etwas Arbeit, einzelne Haarsträhnen zu zeichnen, doch dafür wirkt der Charakter viel eindrucksvoller.

Blitz-Tipp

Obwohl eine ganze Bandbreite an Frisuren möglich ist, sind längere Haare am beliebtesten.

GEINKTE VERSION

Im Vergleich zu den anderen Gesichtszügen werden die Augenlider immer mit den dicksten Tuschestrichen dargestellt.

FARBVORSCHLAG

Achtet vor allem auf das Haar, dessen Farbe aus unterschiedlichen Brauntönen besteht. Ohne diese Nuancierung würde es platt und langweilig aussehen.

DAS GESICHT: PROFILANSICHT

Für die Seitenansicht zeichnet ihr das Gesicht zuerst sehr vereinfacht von vorn. Dann „modelliert" ihr wie ein Bildhauer entsprechende Formen für Nase und Mund in die vordere Gesichtskontur. Der Hinterkopf bleibt ein rundliches Volumen, das sich vom Ohr aus noch ziemlich weit nach hinten ausdehnt.

Es gibt beim Zeichnen der Seitenansicht zwei kniffige Stellen: 1. Das Auge, denn liegt es zu hoch oder zu tief, wirkt der Charakter unsympathisch. Schon bei einer minimal ungenauen Positionierung glauben Unerfahrene oft, dass das Auge selbst falsch gezeichnet wurde. Radiert es einfach aus, korrigiert die Lage und lasst euch vom Ergebnis positiv überraschen. 2. Der Mund, weil viele Anfänger übersehen, dass das gesamte Gesicht von der Nasen- bis zur Kinnspitze eine Flucht bildet, also immer weiter in einer leichten Diagonale zurückweicht. Im zweiten Schritt kann man das gut sehen. Prüft daher, falls der Mund nicht ganz korrekt aussieht, ob die Linie tatsächlich nicht gerade, sondern vom Kinn zur Nase hin leicht diagonal verläuft.

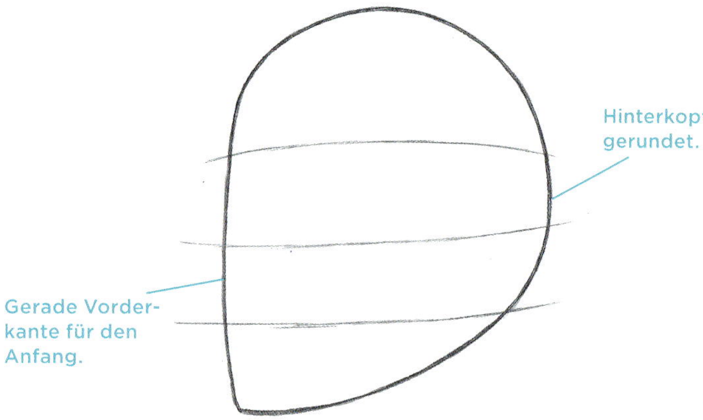

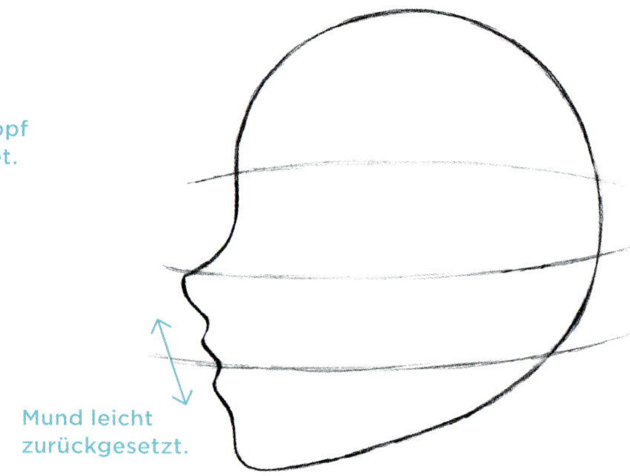

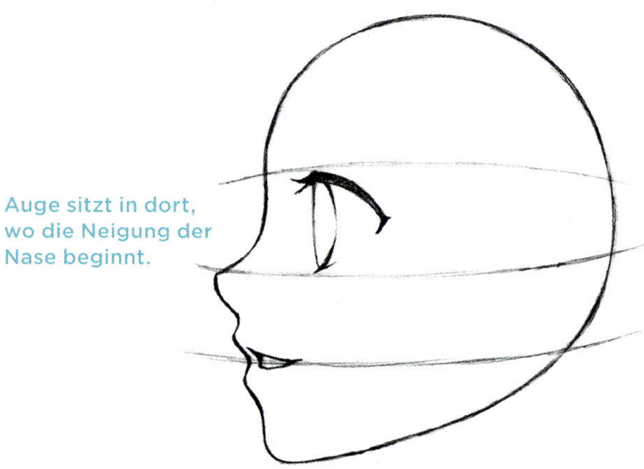

Mädchen

Denkt immer an „weiche Rundungen", wenn ihr das weibliche Gesicht im Profil zeichnet. Vermeidet alle spitze Formen, solange es sich nicht um eine boshafte Schönheit handelt. Gebt ihr keinesfalls dicke oder zu sehr betonte Augenbrauen. Arbeitet alles zart aus.

ATTRAKTIVES HAAR

Sehr hübsch für weibliche Shojo-Figuren ist eine Frisur mit einigen Strähnen, die vor dem Ohr liegen.

GEINKTE VERSION

Beachtet, wie sich einige dickere Linien mit super-dünnen verflechten.

FARBVORSCHLAG

Fantasy-Farben machen das Haar lebhaft und attraktiv – sogar Blau und Pink sind möglich.

Boys

Da er ein klein wenig älter und reifer wirkt als sein weibliches Pendant, hat der Shojo-Boy markantere Gesichtszüge, die in der Seitenansicht deutlicher betont werden. Der lange Nasenrücken wird akzentuiert, ebenso das kantige Kinn. Er zeigt einen leichten Überbiss, sodass seine Oberlippe die Unterlippe ein wenig überlappt. Sein Hals ist breit und athletisch und sein wildes Haar gibt ihm ein rebellisches Flair.

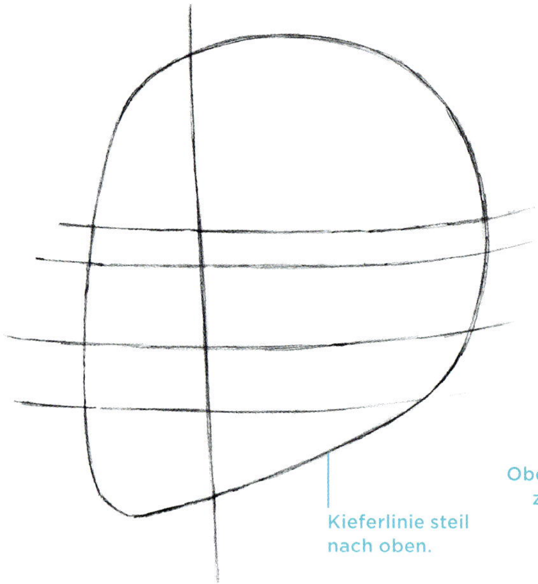

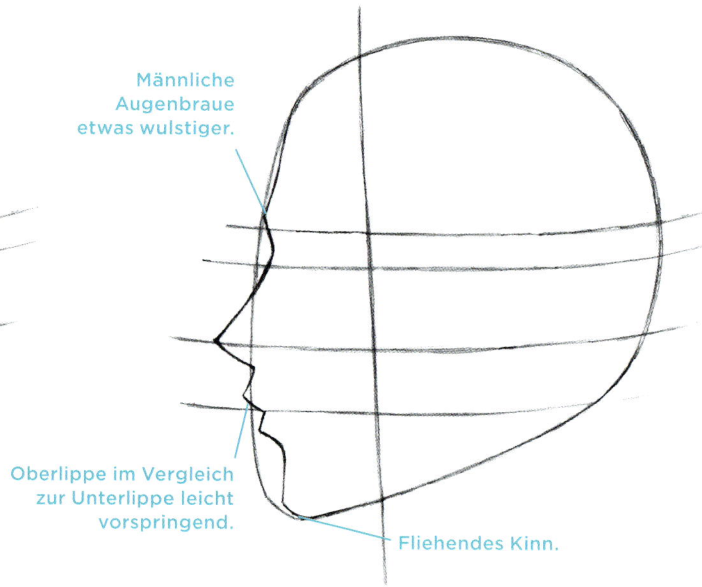

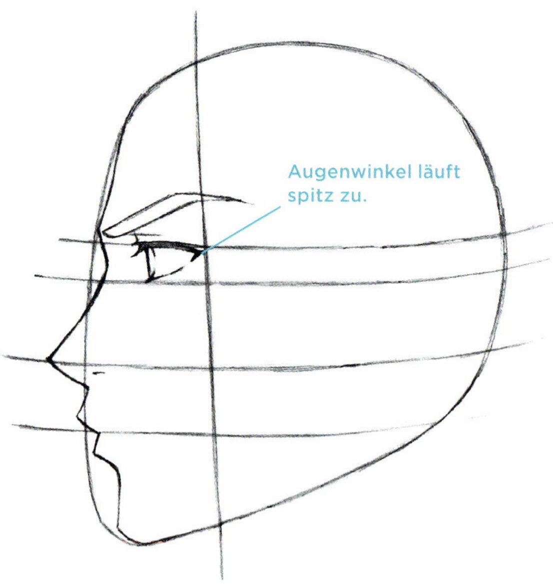

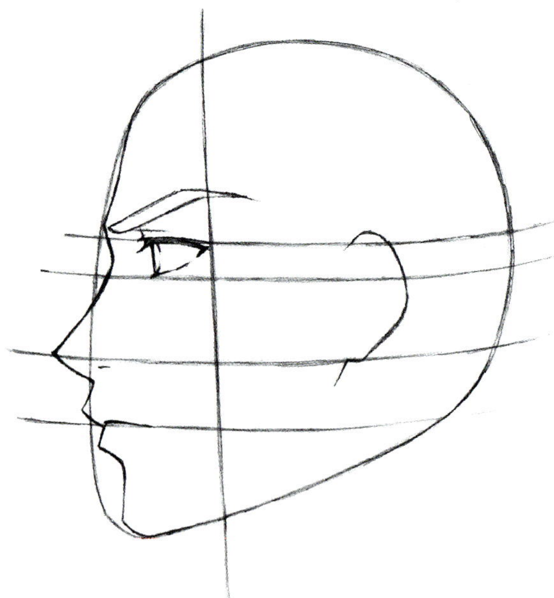

GEINKTE VERSION

Die dünnsten Linien sieht man ganz oben auf dem Kopf, wo das natürliche Licht auftreffen könnte.

FARBVORSCHLAG

Schwarzes Haar ist gut in Schwarzweiß-Comics. Aber in farbigen Comics sieht es oft zu satt aus. Daher verwenden viele Künstler lieber Grau, damit sie mit vielen verschiedenen Tönen arbeiten können.

DAS GESICHT: HALBPROFIL

Beim Zeichnen dieser schwierigen Ansicht kommt man ohne Hilfslinien nicht aus. Anders als in der Frontalansicht liegt nun die Mittellinie, die das Gesicht vertikal in zwei Hälften unterteilt, aufgrund der Perspektive nicht mehr in der Mitte und es gibt keine perfekte Symmetrie mehr. Die Mittellinie liegt näher zur hinteren Gesichtshälfte und ihre Bogenform zeigt die Wölbung des Kopfes. Augen und Augenbrauen sind nicht mehr gleich groß und man sieht nur noch ein Ohr. Mund und Nase liegen nun näher zur hinteren Gesichtsseite. Euer Anker ist die Mittellinie, die das Gesicht senkrecht teilt und alle seine Teile am richtigen Platz hält.

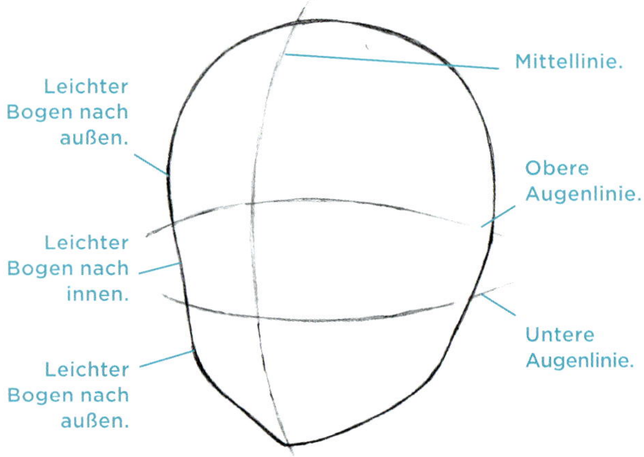

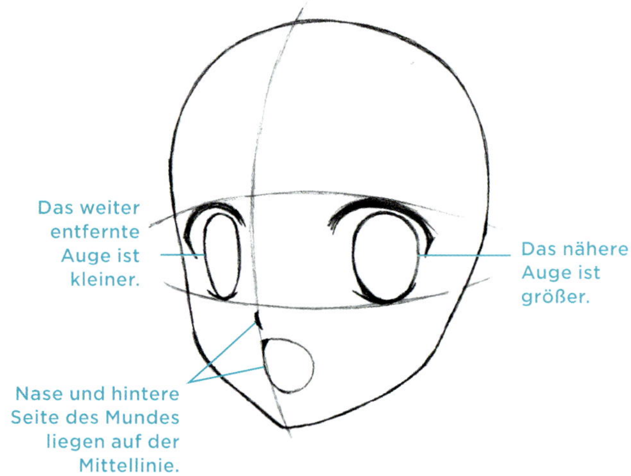

Mädchen

In den meisten Zeichenstilen wird der Nasenrücken bei Frauen nicht dargestellt, um die Femininität des Charakters zu unterstreichen. Doch nur in Manga wird er prinzipiell auch im Halbprofil weggelassen. Manga-Nasen sind sowieso so klein, dass der winzigste Punkt reicht, um die Nasenspitze einzuzeichnen. Sieht das nicht super-feminin aus?

GEINKTE VERSION

Zum Inken oder Tuschen braucht man eine sehr ruhige Hand. Beim Zeichnen bewegt sich das Handgelenk locker und flink, beim Tuschen dagegen ist es steif und die Bewegung kommt aus dem Arm.

FARBVORSCHLAG

Hier wurde die Hintergrundfarbe bewusst gewählt, weil sie zur Farbe der Haare komplementär ist. Hellrosa passt hervorragend zu Babyblau.

Jungs

Beim männlichen Charakter wölben sich die Augenbrauen nicht so hoch über den Augen wie beim weiblichen. Sie liegen näher bei den Augen. Wiederum aufgrund der Perspektive erscheint das weiter entfernte Auge verkürzt und das nähere in normaler Größe. Und hier ein kleiner Trick zum Zeichnen dieses Charakters: Da sich der Nasenrücken nach oben bis zum Auge hinzieht, lässt man ihn einfach in die Augenbraue übergehen. Es ist der natürliche Lauf derselben Linie. Achtet zudem darauf, dass die Augen von männlichen Charakteren schmal und waagerecht sind, dagegen die von weiblichen groß und rund.

Beim Halbprofil sollte man das Haar auch auf der hinten liegenden Seite zeigen. So bekommt das Bild eine gewisse „Abstützung" und mehr Tiefe, weil es über drei Ebenen verfügt: Vordergrund (das vordere Haar), Mittelgrund (das Gesicht) und Hintergrund (das Haar auf der hinten liegenden Seite).

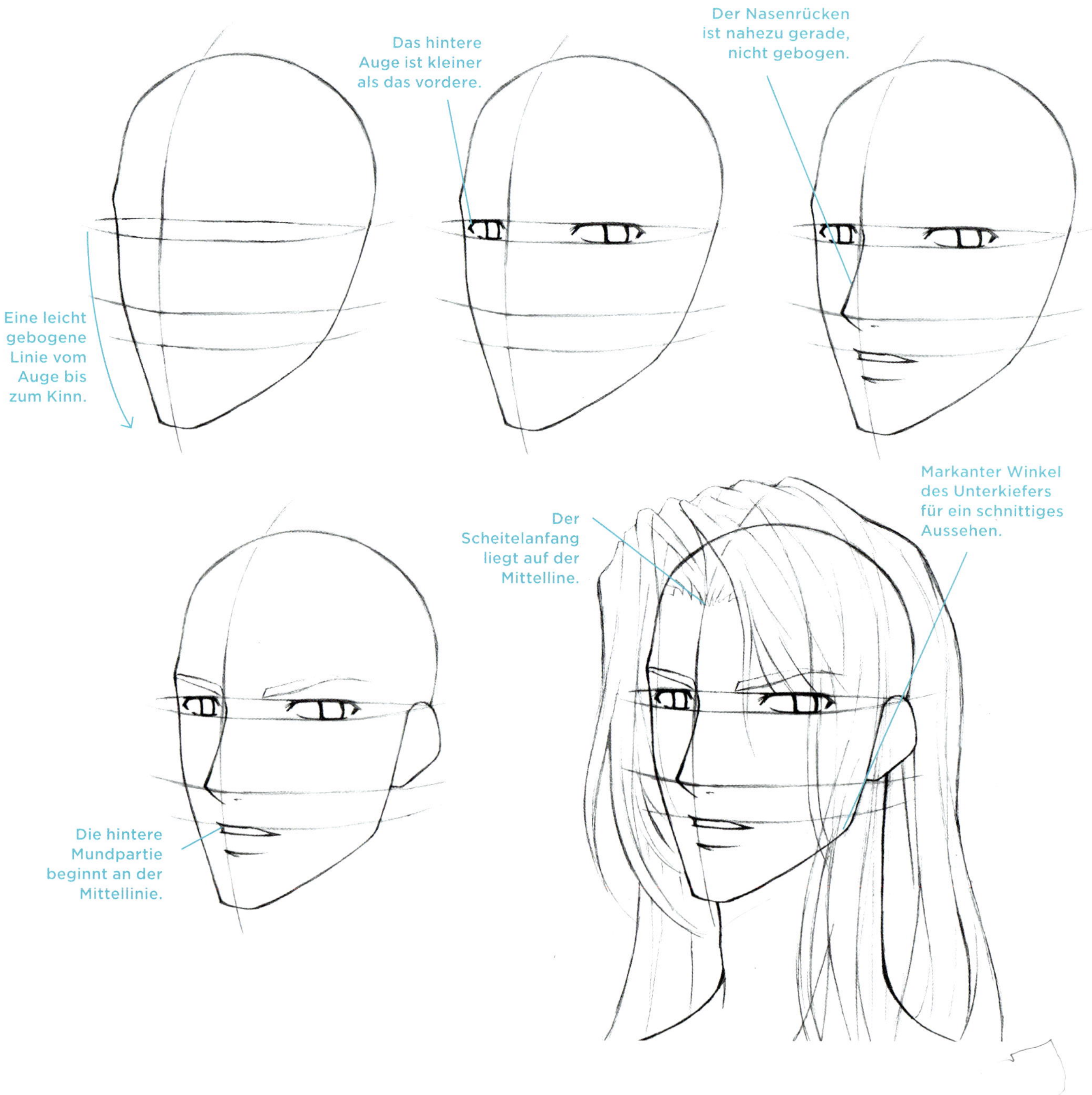

GEINKTE VERSION

Obwohl sich Tusche ja nicht radieren lässt, ist es kein „Riesenschaden“, wenn euch beim Inken ein Fehler passiert. Ihr könnt ihn einfach mit einem Stück Papier überkleben und darauf die Stelle noch einmal zeichnen. Es gibt auch weiße Farben speziell zum Abdecken von Tuschefehlern (wie etwa Tipp-Ex).

FARBVORSCHLAG

Achtet darauf, dass ihr für den Hintergrund eine gedämpftere Farbe wählt als für das Haar. Die Hintergrundfarbe darf keinesfalls so dominant sein, dass sie sofort ins Auge sticht und euren Charakter verdrängt.

GESICHTSAUSDRÜCKE

Nun bringen wir die Gesichtszüge in Aktion! Anhand der vielen Shojo-spezifischen Mimiken, die in diesem Abschnitt zusammen mit dem entsprechenden Gesichtsaufbau offieriert werden, seht ihr nicht nur wie man die verschiedenen Launen der Figuren darstellen kann, sondern ihr lernt auch, den Kopf in allen möglichen Positionen zu zeichnen und könnt euch vom Zwang der ewigen drei Ansichten (von vorn, im Profil und Halbprofil) befreien. Zudem werden wir nach Möglichkeit auch ein paar Schulter-Aktionen einbeziehen.

Mädchen

Natürlich sind Augen, Augenbrauen und Mund das A und O für die Darstellung des Gesichtsausdrucks. Doch bei den Shojo-Mädchen gibt es noch mehr: Achtet besonders auf die Form der Wimpern und verlängert sie passend zur heiteren oder traurigen Stimmung. Auch die Frisur spiegelt den emotionalen Zustand der Figur wieder und unterstreicht etwa einen Wutausbruch, wenn das Haar wild um den Kopf zu fliegen scheint.

ERFREUT

Die geschlossenen Augen zeigen höchste Freude an. In diesem Fall bestimmen die Augen und weniger der Mund in erster Linie den Ausdruck.

LOCKEND

Wenn es beim Gesichtsausdruck ums Flirten geht, muss alles locker und spielerisch wirken.

GEFÜHLVOLL

Charaktere mit dem Ausdruck ganz großer Gefühle sind in Manga besonders beliebt, weil sich die jungen Leser mit deren emotionaler Verletzbarkeit identifizieren.

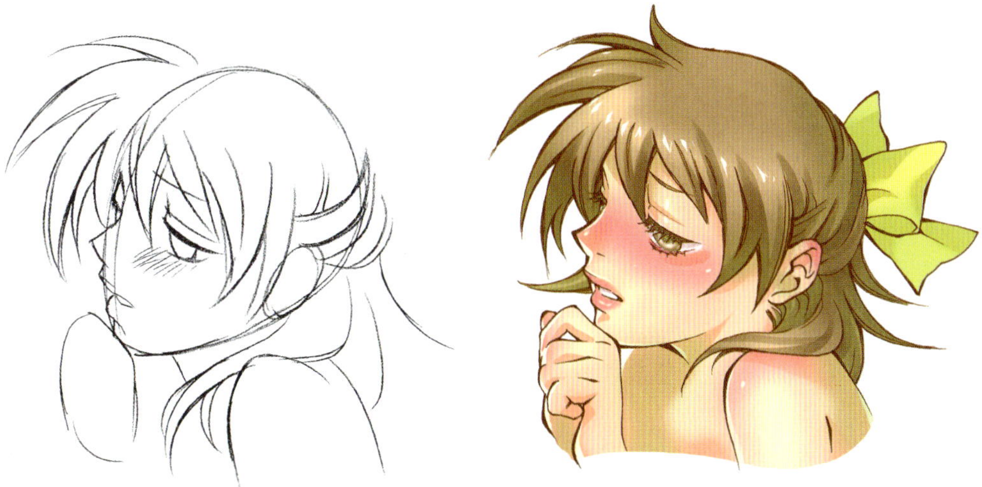

KICHERND

Zeichnet nie die einzelnen Zähne, sondern zeigt sie als glänzende Einheit. (Hier seht ihr, dass die Augenbrauen beim Lachen und Kichern einen großen Bogen bilden.)

ENTSETZT

Achtet immer auf die Schönheit bei euren weiblichen Charakteren, auch wenn sie völlig aufgebracht und bestürzt sind, müssen sie hübsch aussehen. Konzentriert euch auf wunderschöne Augen.

VERTRÄUMT

Schwere Augenlider betonen den verträumten Blick ins Leere.

DEM BETRACHTER ZUZWINKERND

Ein beliebter Ausdruck vor allem bei verspielten Charakteren.

ERSCHROCKEN

Die Augen und der Mund sind weit aufgerissen und das übrige Gesicht wird passend dazu langgezogen. Wie ihr seht, reflektiert das wild in alle Richtungen abstehende Haar die Stimmung des Augenblicks.

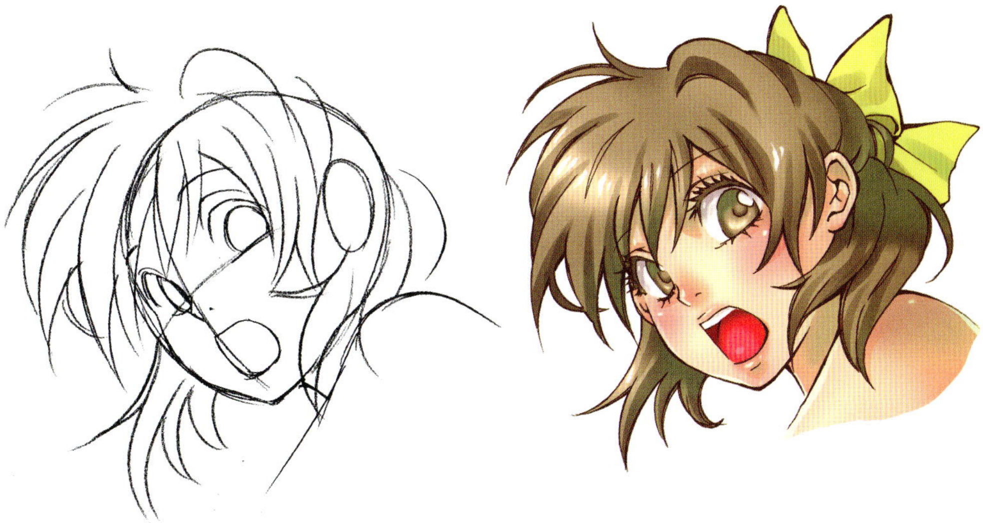

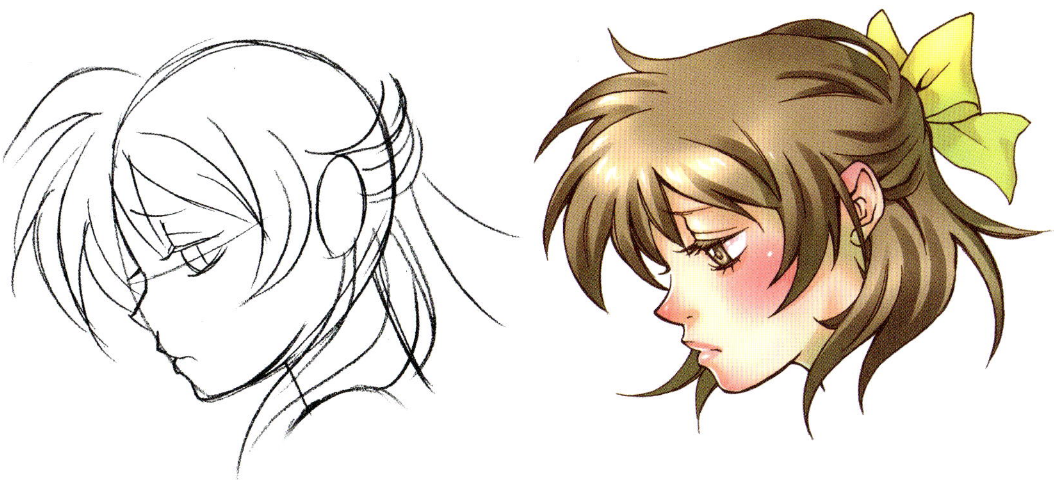

TRAURIG

Bei einem Ausdruck der Traurigkeit sind die Augen gewöhnlich nach unten gerichtet. Soll das Gesicht dagegen Hoffnung ausdrücken, zeigen die Augen und der Kopf meist nach oben.

EINSAM

Ihre Schultern sind zusammengezogen, als ob sie sich in diese wie in eine Decke kuscheln möchte.

Jungs

Der Gesichtsausdruck der Jungen kann ebenso gefühlvoll sein wie der von Mädchen, aber auch grimmig, böse und recht ernsthaft. Da die etwas älteren Jungs nicht so riesige, leuchtende Augen haben wie die weiblichen, müssen ihre Augenbrauen mehr Aufgaben übernehmen. Sie sind schärfer und zeigen nach unten zum Nasenrücken hin. Achtet beim Gestalten des Ausdrucks nicht nur auf das, was sich im Gesicht abspielt, sondern auch auf eine geeignete Kopfneigung, die den Ausdruck entsprechend unterstützt.

NACHDENKLICH

Denken wird immer durch einen nach oben in die Ferne gerichteten Blick angezeigt mit nach unten gezogenen Brauen, die ganz dicht über den Augen liegen.

LIEBEVOLL LÄCHELND

Halb geschlossene Augen geben diesem Charakter einen sympathischen, liebenswürdigen Ausdruck.

ARGWÖHNISCH

Ein argwöhnischer Charakter kann seinen Kopf leicht nach unten senken und sich am Kinn reiben, während er überlegt, wem er nun glauben soll.

VERRÜCKT LACHEND

Eine Augenbraue ist nach oben gezogen, während die andere nach unten abfällt, sodass ein dynamischer Ausdruck entsteht.

NACHDENKLICH LÄCHELND

Ein leicht gesenkter Kopf peppt die Posen in der Vorderansicht etwas auf. Die Augenbrauen dürfen nicht zu düster aussehen, sonst wirkt er böse. Nur leicht nach unten abgewinkelt ist der ganze Trick. Mit Schatten wird der Ausdruck noch durch ein Stimmungselement betont.

SPITZBÜBISCH LÄCHELND

Mit der richtigen Haltung kann man immer vermitteln, was der Charakter gerade denkt – vielleicht nicht den konkreten Gedanken, aber zumindest, ob er in Richtung gut oder böse geht.

SCHMERZERFÜLLT

Augenbrauen, die sich nach unten zur Nasenwurzel hin zusammenziehen vermitteln in Verbindung mit leicht zusammengebissenen Zähnen innere Zerissenheit – ein richtiges Gefühlschaos.

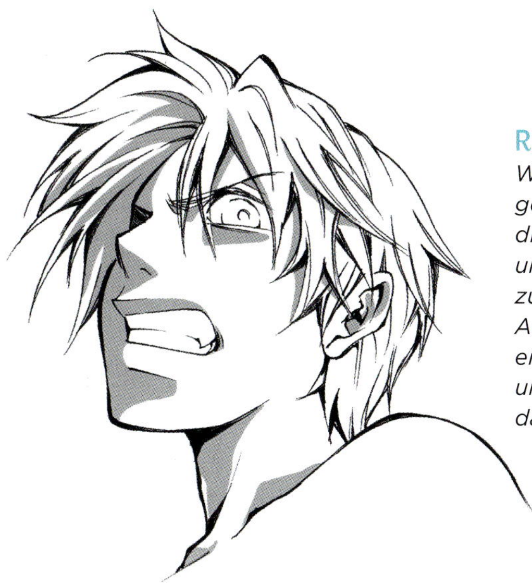

RASEND VOR WUT

Wie ihr seht, hat einer der gefletschten Zähne nahezu die Form eines Reißzahns und betont somit noch zusätzlich den wütenden Ausdruck. Das Haar ist ein wichtiges Element, um die wilde Wut bildlich darzustellen.

SCHWUNGVOLLE MÄDCHENHAARE

Denkt bei der Frisur nicht an unbewegte Haare, die wie eine Mütze einfach am Kopf anliegen, sondern an Strähnen, die gezielt in eine Richtung schwingen. So wirkt das Haar dynamisch. Bei jeder guten Frisur folgen die Haare einer Richtung, ansonsten wirkt sie langweilig. (Siehe auch die Tipps zum Haar auf Seite 32.) Und ist euch schon aufgefallen, dass Manga-Haare bei weiblichen Charakteren fast immer im Wind zu fliegen oder in eleganten, wirbelnden Schwüngen zu wehen scheinen? Diese Verschönerung verstärkt die bezaubernde Ausstrahlung der Figur und ist ein Blickfang für den Leser. Werfen wir also einen Blick auf die „Beweggründe“ für das Haar, die es zu einer berühmten Manga-Frisuren machen.

Die Haare schmiegen sich um den runden Kopf und rahmen ihn in diesem Beispiel ein.

Hier fliegt das Haar von hinten nach vorn und lockt sich in den Spitzen.

Das sind wippende und wirbelnde Pferdeschwänze im Magical-Girl-Stil.

Glatt hängendes Haar eignet sich gut für einen Pagenkopf mit langem Pony.

Auch diese Frisur aus üppigem lockigem Haar hat einen seitlichen Schwung.

Achtet auf die Schwung- und Aktionslinie für diesen Pferdeschwanz.

Vom Wind erfasste Haare fliegen sowohl vom Kopf weg nach hinten als auch von vorn ins Gesicht. Wie ihr seht, wirkt die Frisur durch die einzeln gezeichneten Strähnen viel eleganter und reizvoller.

Fransige oder nur zum Teil aus dem Haargummi gezogene Ponys sehen sehr süß aus.

MÄDCHEN MIT HUT

Wenn eure Figuren richtig poppig aussehen sollen, sind kultige, farbenfrohe Kopfbedeckungen eine unschlagbar gute Idee. Diese Mode-Diven des Shojo hier tragen alle den letzten Schrei aus Tokio, sodass ihr euch einen der aktuellsten Stil-Trends für euren Charakter aussuchen könnt. Trefft eure Wahl so mutig und bunt wie nur möglich – keine Sorge: zu knallig lenkt nicht vom Charakter ab, sondern lässt ihn insgesamt lebendiger und attraktiver aussehen. Und vergesst nicht, verschiedene Muster, Schleifen, Bänder, Pompoms und Spangen zu verwenden.

FRISUREN FÜR JUNGS

Gutaussehende Jungs können ja so eitel sein; es braucht schon etwas Mühe, damit das Haar derart natürlich und lässig aussieht. Also, hier ist die komplette Kollektion der beliebtesten Frisuren für die Fünfzehn- bis Neunzehnjährigen. Aber auch wenn das Haar kurz ist, sollten einige lange Strähnen ins Gesicht fallen. Zeichnet das Haar nicht perfekt gekämmt und frisiert, sonst sieht der Charakter zu brav aus. Gebt der Frisur etwas Schwung, als würde sich das Haar leicht bewegen. So bekommen die Jungs ein dramatisches Aussehen – wie Filmstars.

KURZ

MITTEL

LANG

SEHR LANG

SAMURAI – LANG

SAMURAI – KURZ

KULTIVIERT

WELLIG

Weibliche Körper & Bewegung

NUN KOMMEN WIR VOM Zeichnen des Gesichts zum Zeichnen des Körpers. Da die weiblichen Charaktere in Shojo so stark vertreten sind, und weil es so wichtig ist, das Alter richtig zu erfassen, werden wir uns in diesem Kapitel darauf konzentrieren. Zu den Jungen kommen wir später. Wie die Gesichter werden auch die Manga-Körper je nach Alter des Charakters in verschiedene Kategorien unterteilt. Unser Augenmerk richtet sich auf Shojo und daher müssen wir wiederum peinlich genau darauf achten, unsere Charakter in einem begrenzten Altersbereich zu halten, weil sie sonst durch ihren Körperbau und ihre Bewegungen komplett aus diesem Genre fallen. Beim Heranwachsen durchläuft der weibliche Körper mehrere Entwicklungsstufen, in denen sich die Ausstrahlung von kindlich-niedlich bis kokett-hübsch ändert. Wagen wir einen Blick darauf!

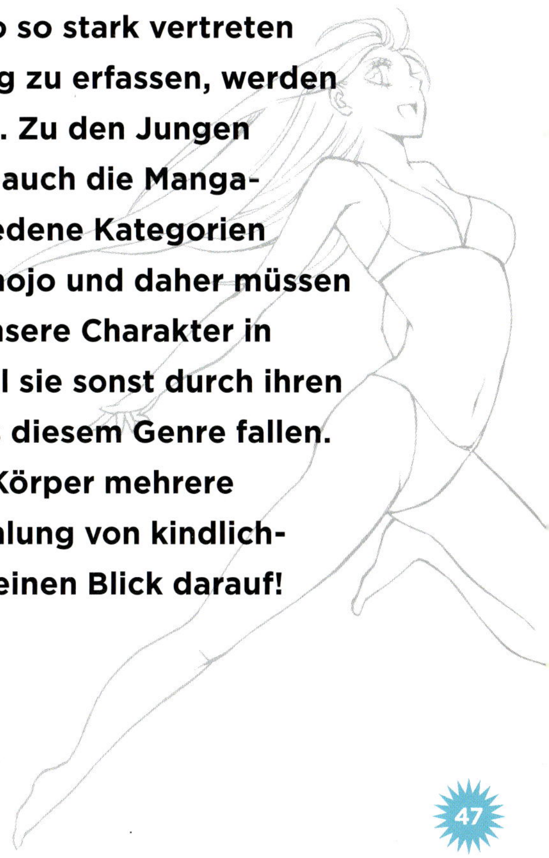

WEIBLICHE KÖRPERTYPEN

Bishojo-Charaktere (erwachsene junge Frauen) finden sich meist im Fantasy-, Sci-Fi-, Action- und okkulten Genre. Der *Shojo*-Typ ist ein Teenager mit dem niedlichen, kecken und hübschen Aussehen eines Heranwachsenden. *Kodomo*-Figuren sind noch sehr jung, kindlich, haben keine richtige Muskelausprägung oder eindeutig weibliche Körperform. Und *Chibis* sind die berühmten Winzlinge in Manga: klein, kompakt und hinreißend. Sie tauchen praktisch in jedem Genre der Comics auf.

CHIBI
(5–8)

KODOMO
(8–11)

SHOJO
(12-17)

BISHOJO
(18–21)

VEREINFACHTER FRAUENKÖRPER

Die Proportionen eines Charakters richten sich nach seiner Körpergröße. Handgelenk und Schritt liegen auf halber Höhe zwischen Fußgelenk und Kopf. Wenn ihr diesen Mittelpunkt beachtet, könnt ihr gängige Fehler beim Zeichnen, wie etwa zu lange oder zu kurze Beine, vermeiden. Allerdings gibt es in Manga einen kleinen Spielraum für künstlerische Freiheit und häufig wird der Körperhöhe etwas hinzugefügt, um idealisierte (verlängerte) Proportionen zu erhalten. Ein kleiner Brustkorb und schmale Hüften lassen sie jung wirken. Ältere, reifere Charaktere sind fülliger.

Vorderansicht

Um die Gelenke anzudeuten, zeichnet ihr Kreise an den Schultern, Ellbogen und Knien. Warum machen das die Künstler üblicherweise? So übersehen sie nicht, wie wichtig das Gelenk ist und dass es eine eigene Form hat. Es ist fest und kann nicht wie etwa ein Arm oder ein Bein gequetscht, sondern muss formstabil erscheinen.

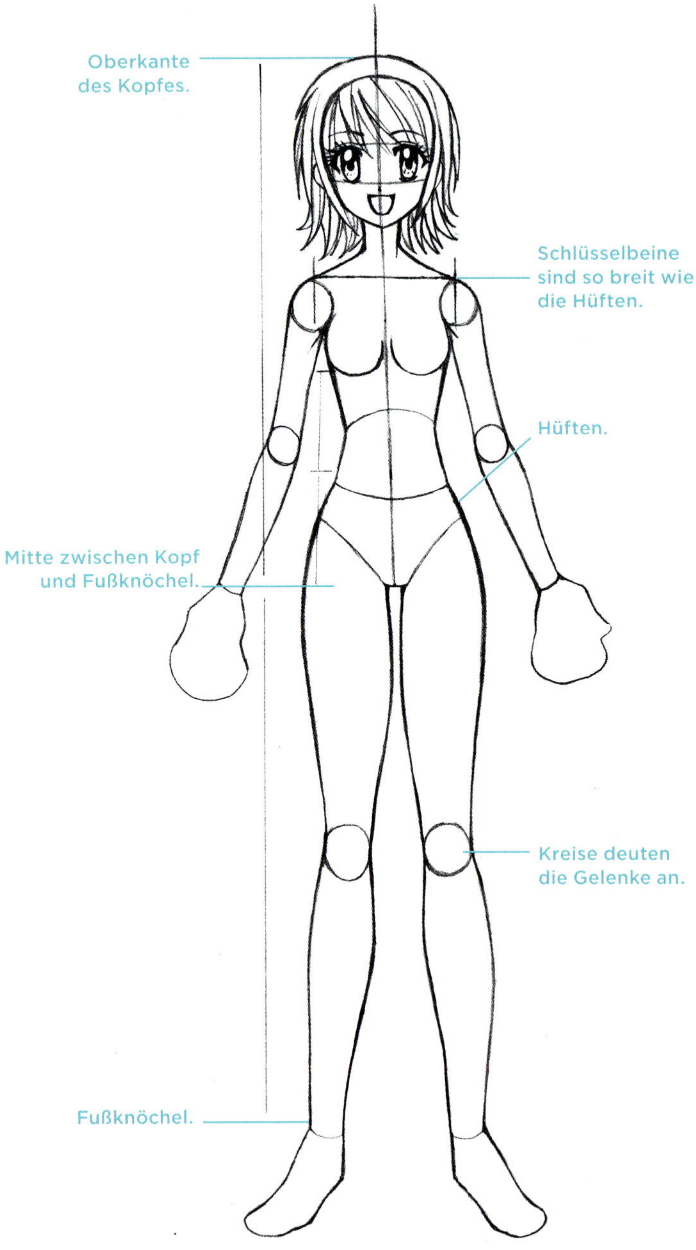

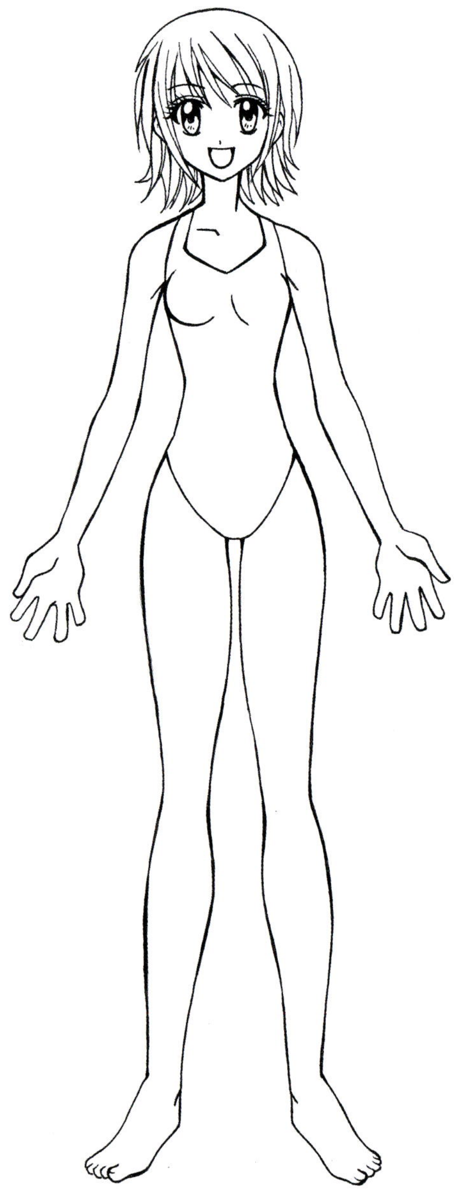

Seitenansicht

Gerade Linien sind nie so schön wie geschwungene. Das trifft besonders beim Zeichnen des Körpers zu. Selbst dort, wo man eher gerade Linien vermutet, wie etwa für die Beine, sind sie leicht gebogen. Beachtet nur die schwache Rundung der Beinmuskel. Noch ausgeprägter zeigt sich das am Rücken mit den deutlichen Bogenlinien an den Schultern und wiederum knapp über den Hüften. Achtet auf die Länge des Halses (mit einem langen Hals wirken weibliche Charaktere besonders hübsch und reizvoll). Beachtet auch, dass sich die Fingerspitzen bei entspannt hängenden Armen auf der Mitte des Oberschenkels befinden.

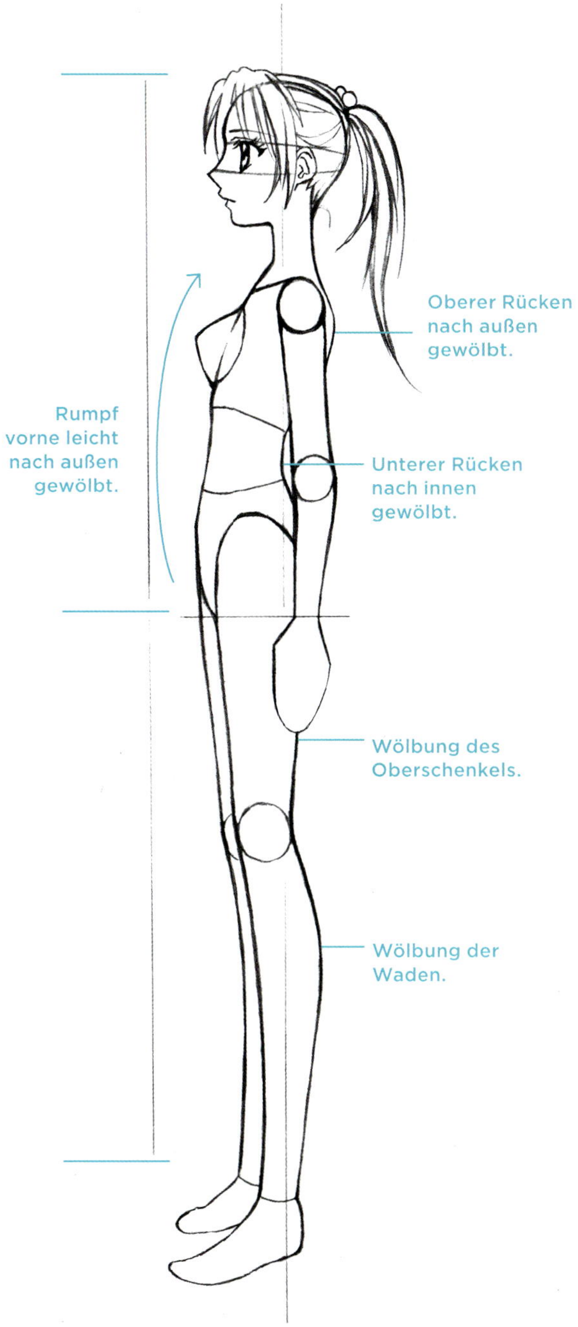

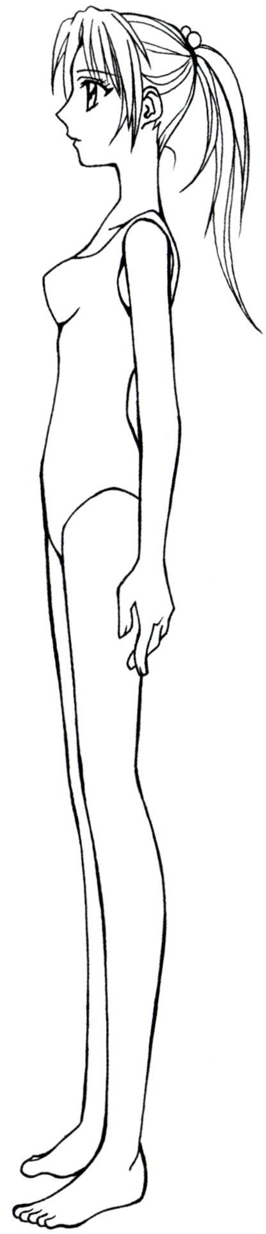

Rückansicht

Bei weiblichen Figuren ist der Rücken relativ schmal, die Hüften sind etwas breiter – aber nicht zu breit! Und die Schultermuskeln sind nicht stark entwickelt. Zeichnet keine hängenden Schultern. Ob Vorder-, Seiten- oder Rückansicht: Die Proportionen bleiben immer gleich. Das ist das Geheimnis, wie man einen Charakter immer wieder in allen möglichen Posen zeichnen kann und er dennoch stets auf Anhieb wiedererkennbar ist – man muss nur die Proportionen beibehalten. Die Ellbogen sollten hier also knapp über der Taille liegen. Übertragt solche Fixpunkte von einer Ansicht in die andere und prüft nach, ob ihre Lage übereinstimmt. Sollte dies nicht der Fall sein, radiert ihr sie aus und korrigiert die Zeichnung. Wenn ihr euch nur ein paar wenige Punkte zu den Proportionen einprägt (wie „Ellbogen knapp über der Taille"), habt ihr bereits den besten Ansatz, eure Figuren immer in den richtigen Proportionen zu zeichnen.

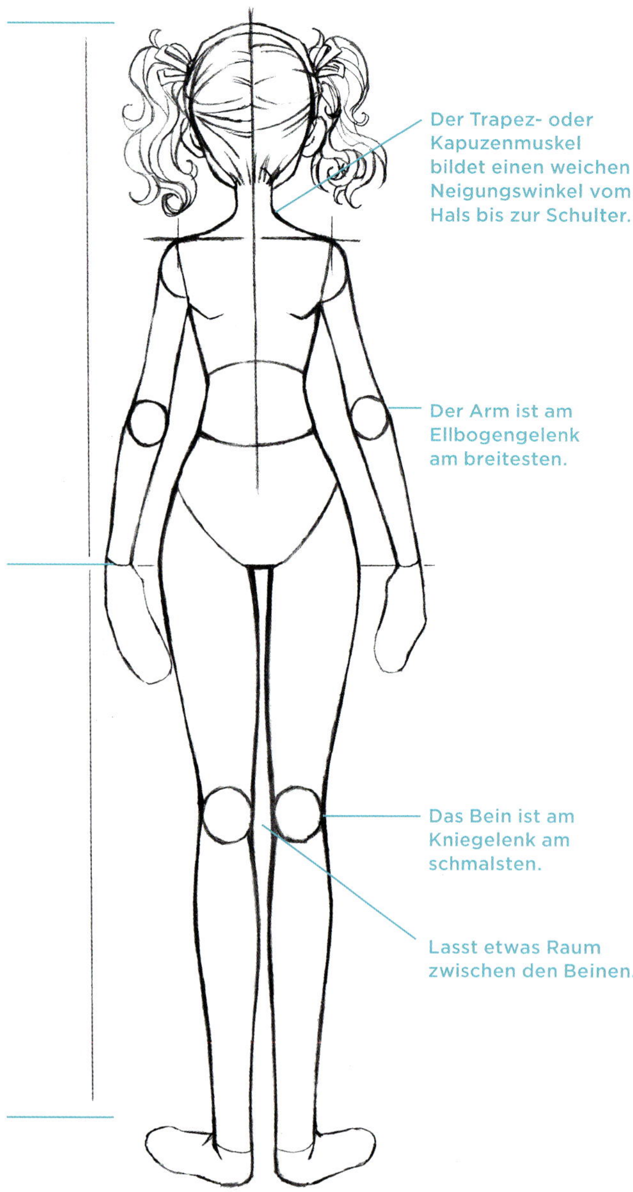

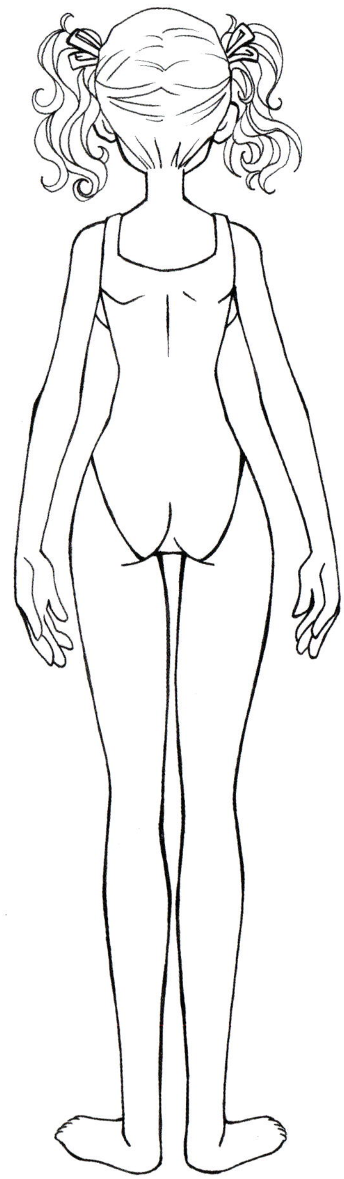

SILHOUETTEN

Sie werden auch Schattenrisse oder Schattenbilder genannt und weithin im Manga-Genre verwendet, um bei Bilder-Serien etwas Abwechslung in den Ablauf zu bringen. Korrekt gezeichnet ist ein Schattenbild dramatisch und fungiert als Blickfang. Es kann vor allem die menschliche Gestalt auf reizvolle Weise repräsentieren. Eine starke Silhouette basiert gewöhnlich auf einer starken Pose.

Um einen Schattenriss zu zeichnen, sollte man zuerst die gesamte Figur grob skizzieren. Ja, das bedeutet sowohl die Konturen als auch die Innenbereiche. Glaubt mir, die Zeit, die ihr zum Zeichnen der Innenflächen aufbringt, lohnt sich, weil ihr dann wesentlich bessere Konturen erzielt. Es bringt nichts, einfach mit dem Zeichnen der Konturen loszulegen.

Silhouetten sollten von Natur aus „extrovertierte“, also keine nach innen gerichteten Posen zeigen. Damit meine ich, dass ihr die Arme und Beine erkennbar und so gut wie möglich vom Rumpf abgesetzt zeichnen solltet. Sobald sie sich mit der Statur überlappen, verschmelzen sie mit den schwarzen Flächen und werden unkenntlich.

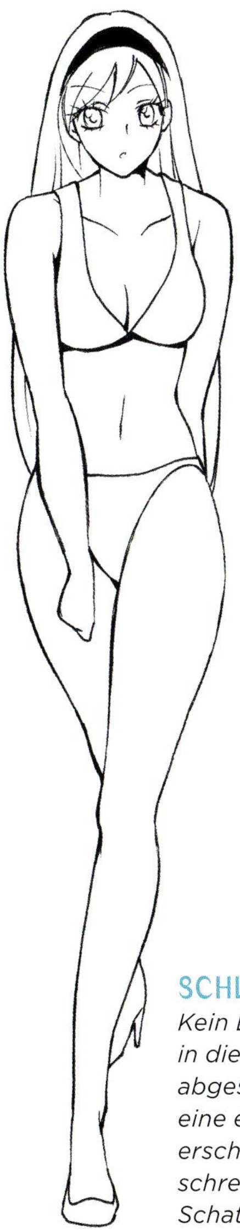

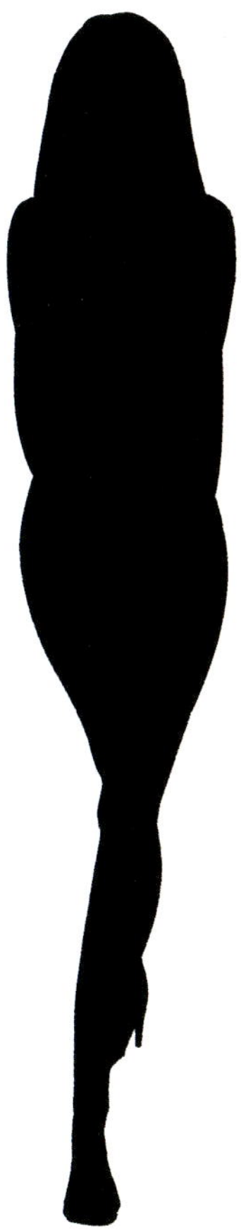

SCHLECHTE LAUFPOSE

Kein Bein und kein Arm sind in diesem Bild vom Körper abgespreizt, sodass die Figur als eine einzige undefinerbare Masse erscheint. Die Vorderansicht einer schreitenden Person ist für einen Schattenriss keine gute Wahl. Die Pose ist „introvertiert“ – und wir brauchen eine „extrovertierte“.

GUTE LAUFPOSE

Das oberste Gebot lautet, dass man eine schreitende Silhouette in der Seitenansicht zeichnen muss. So kann man die anmutigen langen Beine in Aktion und die im Gegentakt schwingenden Arme sehen. .

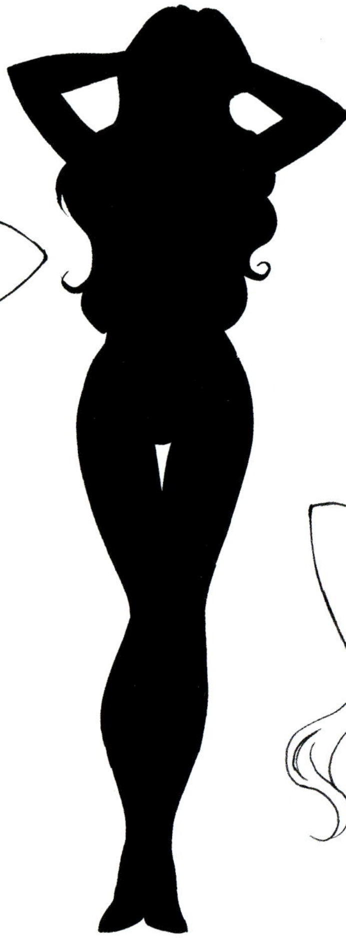

SCHLECHTE STANDPOSE

Diese Silhouette ist sehr symmetrisch. Beide Arme befinden sich in der exakt gleichen Haltung, und auch die Beine haben exakt dieselbe Stellung. Nichts an dieser Pose wirkt dynamisch und zudem verdecken die Haare die Figur.

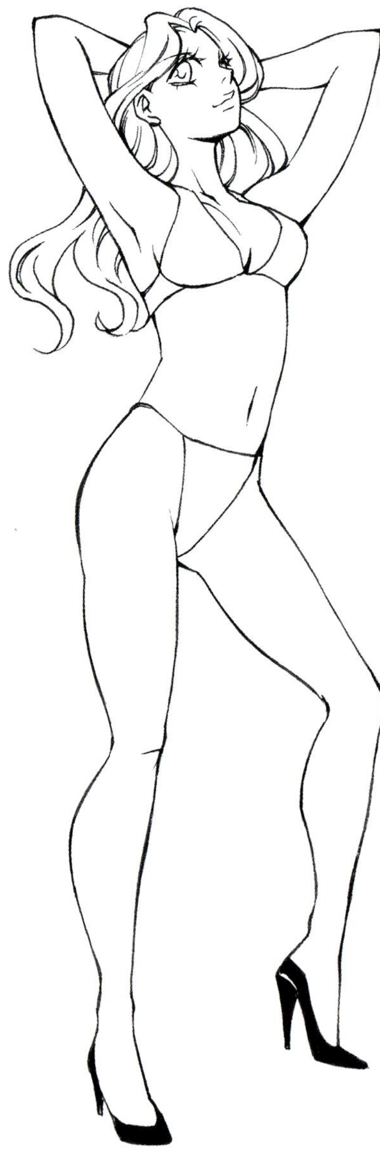

GUTE STANDPOSE

Nun sind die Beine asymmetrisch positioniert. Der Körper streckt sich dynamisch. Das Haar setzt sich besser vom Körper ab. Obwohl es sich immer noch um eine stehende Pose handelt, wirkt sie wesentlich aktiver.

SCHLECHTE SITZPOSE

Diese Pose eignet sich überhaupt nicht für einen Schattenriss. Arme und Beine verschmelzen mit dem Körper und es macht einfach keinen Sinn, aus einer solchen Pose eine Silhouette anzufertigen.

GUTE SITZPOSE

Vergleicht diese Sitzpose mit der vorherigen. Wenn ihr die Gliedmaßen abgespreizt vom Rumpf zeichnet, wirkt eure Figur femininer und überzeugt zudem durch eine erkennbare Körpersprache.

SCHLECHTE FLUGPOSE

Man erkennt zwar, dass die Figur fliegt, aber ihr Körper ist steif, Haare und Arme verschmelzen mit der Statur und sind daher undefinierbar.

GUTE FLUGPOSE

Hier ist die Pose recht dynamisch. Arme, Beine und Haare sind durch die Abspreizung vom Körper deutlich und leicht erkennbar. Außerdem ist diese Pose viel attraktiver.

SCHLECHTE BOXPOSE

Durch die fehlende Bewegung des Oberkörpers wirkt der Boxschlag steif und kraftlos. Das Haar verschmilzt mit der Schulter und dem Arm.

GUTE BOXPOSE

Nun unterstreicht die gesamte Körperbewegung den Schlag, selbst die Beinstellung suggeriert ein Abfedern. Das Haar fliegt folgerichtig zur Aktion nach oben. Im Gegensatz zur vorherigen, kann man bei dieser Pose die Bewegung förmlich spüren.

POSEN MIT BEWEGUNG ZEICHNEN

Der Körper des Menschen ist für Bewegung gemacht. Und alles, was sich bewegt, biegt und dreht, ist zum Betrachten viel interessanter als jedes unbewegte Objekt. Daraus folgt, dass ihr einen Weg finden müsst, eure Figuren in Bewegung zu bringen, in welcher Pose sie auch sein mögen – sogar wenn sie gerade still stehen. Aber wie macht man das? Die Statur der Frau, kurvenreicher als die des Mannes, kann geschmeidigere Posen einnehmen. Ebenso wie die Augen von Frauen als stärkstes Ausdrucksmittel immer einen femininen Unterton bewahren, sollten auch die Gesten ihres Körpers zusammen mit all den anderen Emotionen, die uns die Pose sonst noch zeigt, ein Gefühl von Weiblichkeit vermitteln.

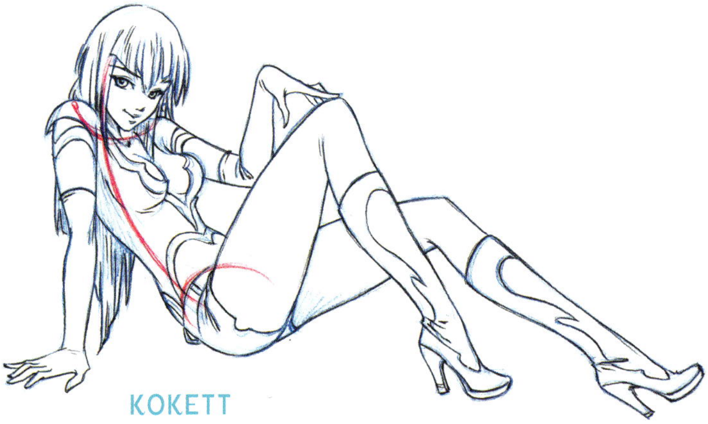

KOKETT

EIFRIG

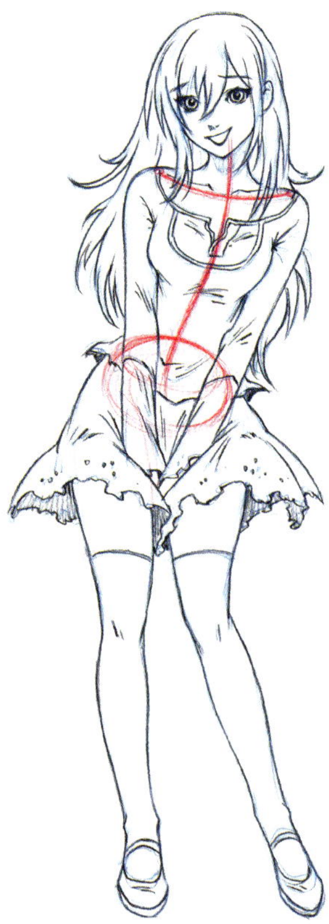

SITTSAM

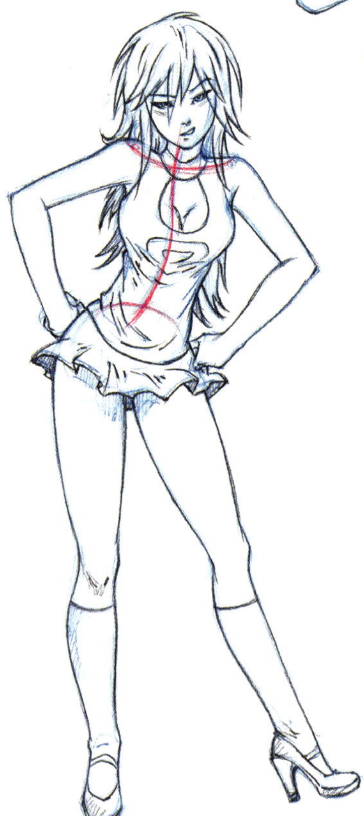

UNGEDULDIG

Die Linie für das Rückgrat

Vielleicht habt ihr schon einmal etwas von der Aktionslinie gehört. Es handelt sich um eine lange Linie (typischerweise zieht sie sich durch die ganze Zeichnung), mit der Animationskünstler in ihren groben Skizzen den Bewegungsablauf einer Pose andeuten. Wir greifen nun zu einem ähnlichen, jedoch weniger aufwendigen Hilfsmittel. Die *Linie für das Rückgrat* dient demselben Zweck, ist aber kürzer. So wie sich das Rückgrat biegt oder wölbt, verläuft auch die allgemeine Bewegung des Körpers. Nehmt also diese Linie für das Rückgrat (in den Zeichnungen hier rot markiert), um den Ablauf einer Aktion anzudeuten. Betont beim Skizzieren der Linie vor allem ihren Kurvenverlauf, denn so vermeidet ihr, dass eure Zeichnungen steif wirken.

AUSDRUCKSVOLLE POSEN

Euer Charakter muss nicht gerade einen Faustschlag austeilen, um das Gefühl von Bewegung zu vermitteln. Das beste Beispiel hierfür ist eine stehende Pose mit wirkungsvoll eingesetzter Linie für das Rückgrat. Wenn es euch nämlich gelingt, eine stehende Pose dynamisch wirken zu lassen, müsst ihr die Linie für das Rückgrat effektiv genutzt haben. Ihr seht es auf einen Blick: diese Linie einfach leicht biegen, und schon sieht die Pose attraktiv aus. Da ihr nun dieses Geheimnis kennt, müssen eure gezeichneten Posen nicht mehr steif wirken. Hier folgen ein paar ausdrucksvolle Posen für Shojo-Figuren, die ihr nachzeichnen könnt. Zudem zeigen sie den Körper aus verschiedenen Blickwinkeln, sodass ihr durch das Abzeichnen garantiert eure Kunstfertigkeit verbessert.

Stehen

Eine Art Flirt-Haltung ist wesentlich reizvoller als einfaches Stehen mit den Händen an der Seite. Sie wirkt verspielt und quicklebendig, vor allem, wenn man den Rumpf zu einer Seite leicht verdreht. Ein klein wenig Bewegung verrät sehr viel über die Haltung.

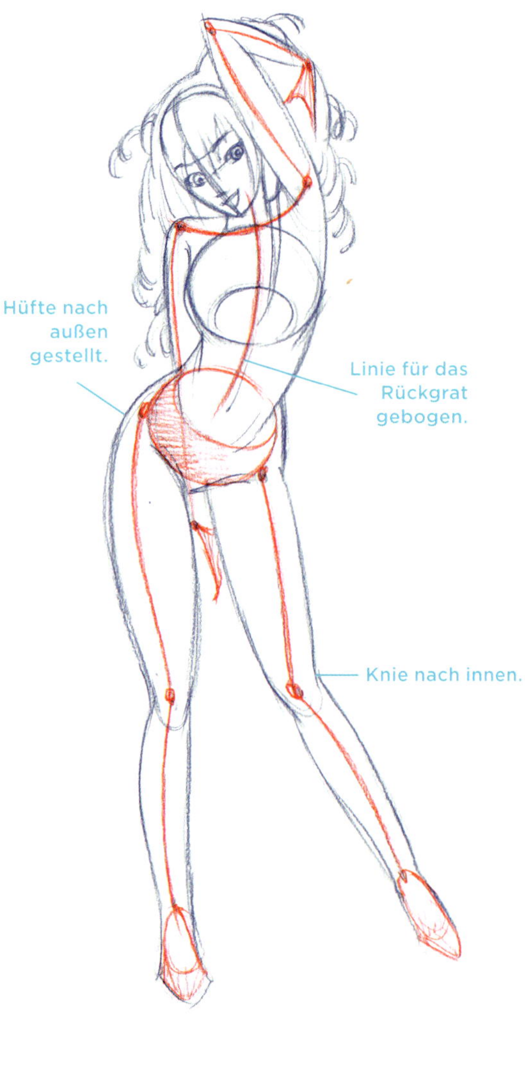

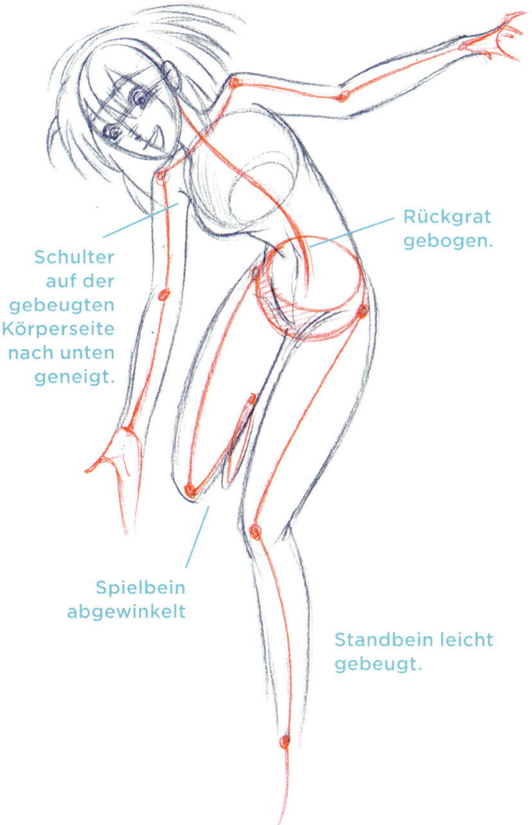

Bücken

Ob ihr es glaubt oder nicht, das Bücken aus dem Stand heraus ist eine der Posen, die sich nur sehr schwer so darstellen lassen, dass sie natürlich aussehen. Ein häufiger Anfängerfehler ist, den Oberkörper steif und die Beine geschlossen zu zeichnen, sodass es aussieht, als ob Ober- und Unterkörper nicht zusammengehören. Das ist total tabu. Die Beine müssen leicht angewinkelt und der Rücken muss gebogen sein, damit es natürlich aussieht.

Anstatt die Figur in der Seitenansicht darzustellen, die ja immer etwas steif wirken kann, dreht ihr den Körper besser in die Halbprofilansicht, wie hier im Bild. Diese Pose ist zwar im Halbprofil nicht leichter zu zeichnen, aber viele Einsteiger denken auch nicht daran, sie zu verwenden. Probiert sie einfach aus, ihr könnt euch einige Qualen ersparen!

Sitzen mit geradem Rücken

Hier kommt eine klassische Sitzpose. Die kleine Innenwölbung des Rückens – ein leichtes Hohlkreuz – schiebt den Oberkörper nach vorn. Eine zusätzlich eingefügte Rückenwölbung bei einer Sitzposition ist nicht gerade das, was man ein riesiges Detail nennen kann und wird keinen, der das Bild betrachtet, vom Hocker fegen. Dennoch *wird* es für den allgemeinen Eindruck des Betrachters einen Unterschied machen. Die Zeichnung wirkt einfach lebensechter. Wenn man diese kleinen Kniffe (die einzeln und jeweils für sich die Zeichnung weder verbessern noch verschlechtern) alle zusammen nimmt, sind sie es, die für eine solide Professionalität bei der Bildwirkung sorgen. Falls eure Freunde ebenfalls Manga zeichnen und diese Kenntnisse nicht haben, werden sie ewig rätseln, weshalb eure Zeichnungen so gut und ihre dagegen so flach aussehen.

Sitzen mit gekrümmtem Rücken

Durch die Außenwölbung des Rückens (leichter Rundrücken) in dieser Pose wird die weinende Hauptfigur so wirkungsvoll in die Handlung getrieben, dass man ihren Kummer richtig fühlen kann. Hätte sie einen geraden Rücken, erkennt ihr zwar anhand der Darstellung, dass sie bitterlich weint, aber ihr *fühlt* überhaupt nichts. Beachtet auch, dass sich der Hals, der ja nur eine Verlängerung des Rückgrats ist, aufgrund der Pose nach vorne biegt.

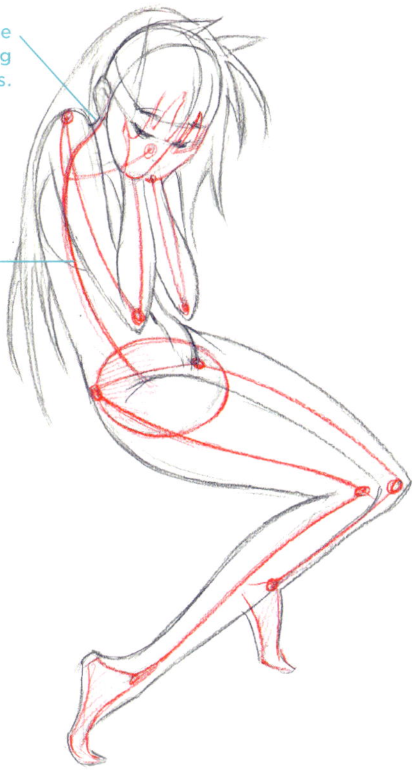

Springen zum Handkantenschlag

Bei heldenhaften Posen ist der Rücken in der Regel durchgebogen und die Brust stark angehoben, damit der Charakter eine stolze Haltung einnimmt. Auch wenn es auf den ersten Blick kaum auffällt, wurde in dieser Zeichnung einiges perspektivisch verkürzt dargestellt, um den Körper in der richtigen Perspektive zu zeigen. Das betrifft besonders die Beine und die Oberschenkel. Zum Beispiel kommt das uns entgegengestreckte Bein scheinbar auf uns zu und daher muss der Oberschenkel verkürzt gezeichnet werden – das heißt, er erscheint im Gegensatz zum Schenkel des hinteren Beins etwas gestaucht.

Pose beim Zaubern

Diese Pose, obwohl sie schrill aussieht, ist an sich weder kompliziert noch eine besondere Herausforderung beim Zeichnen. Die Arme spiegeln sich wechselseitig und ein Bein ist am Knie stark gebeugt. Der Schwerpunkt liegt auf der Sanduhrfigur des Charakters, die der Linie des Rückgrats folgt. Achtet auf die tollen Haare im Fantasy-Stil mit den aufspringenden Locken und Strähnen, die in alle Richtungen fliegen. Um zu vermeiden, dass das Gesicht vom Arm verdeckt wird, muss der Kopf leicht nach vorne geneigt sein. Macht euch aber bewusst, dass bei Posen wie dieser oft kleine Änderungen nötig sind, bis sie verständlich wirken.

DIE Shojo-Mädchen

ICH BIN MIR SICHER, dass ihr nun für diesen Teil gerüstet seid. Ich spüre es förmlich, wie ihr innerlich alles abspult und es kaum erwarten könnt, eure aufgestaute Kreativität beim Designen von zahlreichen brandneuen Charakteren auszutoben. Die nun folgenden, absolut authentischen Shojo-Figuren repräsentieren sämtliche Unterkategorien diesen Stils – angefangen bei den allzeit beliebten Katzenmädchen über die bösen Mädchen bis hin zu den Magical Girls und vielen mehr. Die Grundlagen für das Manga-Zeichnen sind gelegt, nun könnt ihr das Gelernte ins Unterbewußtsein sickern lassen, denn es steckt in euch und ihr könnt es jederzeit bei Bedarf abrufen. Befreit euren Kopf von Lehrplänen und habt einfach nur Spaß beim Zeichnen der fantastischen Charaktere. Spaß ist ein wichtiger Teil des Lernprozesses, denn dann lassen wir unserer Fanatsie freien Lauf. Bringt ruhig eure eigenen Ideen in die Bilder ein. Ändert etwa die Frisur oder den Augentyp. Vielleicht fällt euch auch für die eine oder ander Pose eine neue Interpretation ein. Nehmt euch jede Freiheit zum Abändern, aber vergesst nicht: Es ist auch nicht verkehrt, wenn ihr die Bilder wie bisher einfach abzeichnet, denn ihr schult euer Geschick in jedem Fall.

CATGIRLS

Katzenmädchen sind die Publikumslieblinge. Wer Shojo zeichnen möchte, findet mit diesen Kitten-ähnlichen Figuren einen tollen Einstieg. Halb Mensch und halb Katze leben sie zwar vorwiegend unter Menschen und interagieren mit ihnen, haben aber viele Züge ihrer Katzenpersönlichkeit bewahrt, wie etwa die Neugierde, die Ausgelassenheit, die Impulsivität und eine Vorliebe für Milch. Sie sind immer attraktiv, selbst mit den komischen Katzenohren und dem Katzenschwanz. Manche haben Streifen wie die getigerten Katzen. Versucht erst gar nicht, ihren Reiz einem Nichtkenner zu erklären. Es ist hoffnungslos!

Menschliches Catgirl

Wir beginnen den Catgirl-Abschnitt mit einer Figur, die vorwiegend menschlich ist. Nur die Ohren und der Schwanz verraten uns, dass sie ein Felltier ist. Nicht einmal einen Katzenzahn trägt sie zur Schau, wie manche anderen Catgirls. Die Katzenelemente wurden nur zum Aufpeppen verwendet und um sie vom Normalen abzuheben. Warum sollen wir sie überhaupt zum Catgirl machen? Manchmal nur, um für etwas Abwechslung zu sorgen. Ihr entwerft zum Beispiel eine Gruppe von vier Freundinnen für eine Geschichte: eine ist groß, die andere klein und die

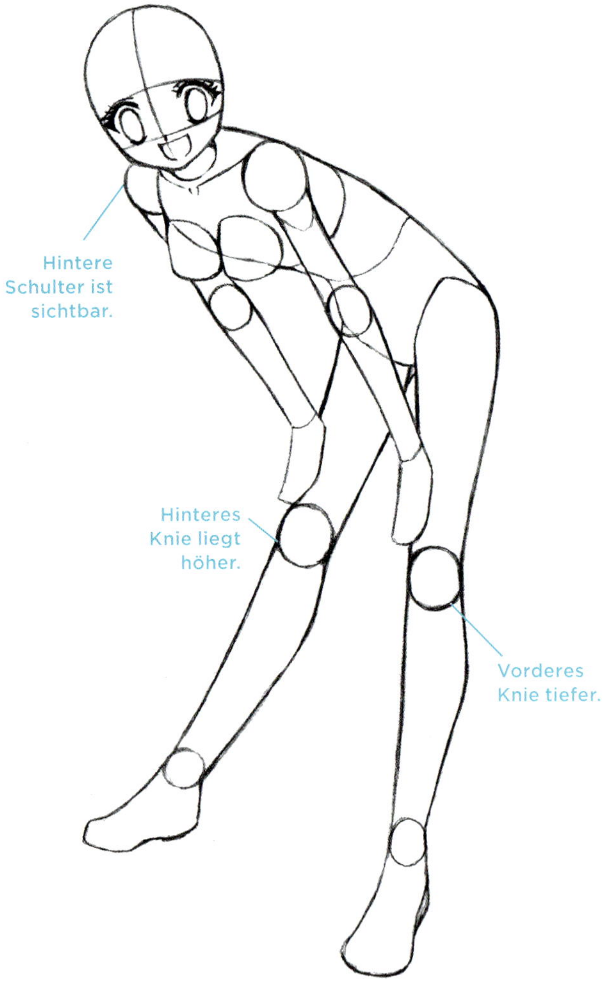

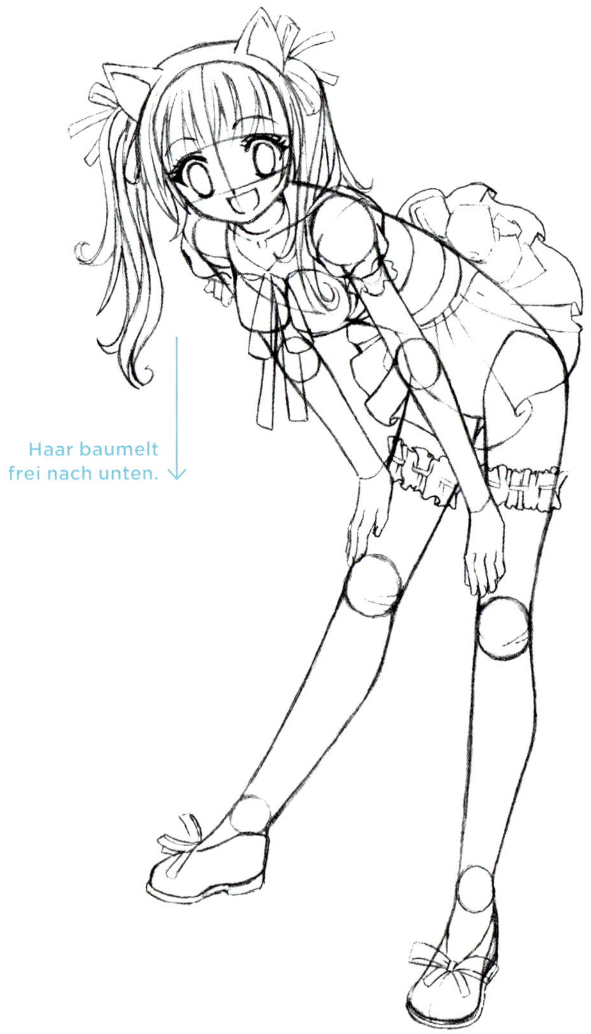

dritte mittelgroß. Also, wie soll nun die vierte Freundin aussehen, damit sie in der Gruppe unverwechselbar ist? Mit ein paar minimalen Anpassungen und Zusätzen könnt ihr sie in ein Catgirl verwandeln. So wird sie immer noch als Teil der Gruppe erkannt, aber auch als eigene Persönlichkeit identifiiert.

Schulmädchen

Das Schulmädchen-Catgirl ist so wie jede andere Schülerin auch und hat eine Menge Menschen als Freunde. Aber gerade die Catgirls, die fast wie Menschen auftreten, passen am besten in eine Schulumgebung. Wenn sie sehr katzenähnlich sind, lassen sie sich durch jede schnelle Bewegung ablenken und können dem Unterricht nicht folgen.

Wie ihr seht, scheinen diese Ohren direkt aus dem Kopf zu wachsen. Einige Künstler verwenden aber lieber Katzenohren, die auf einem Haarband befestigt sind, und verzichten auf dieses natürliche Aussehen. Beides ist üblich und beliebt. Innen hat das Katzenohr immer eine hellere Farbe als außen.

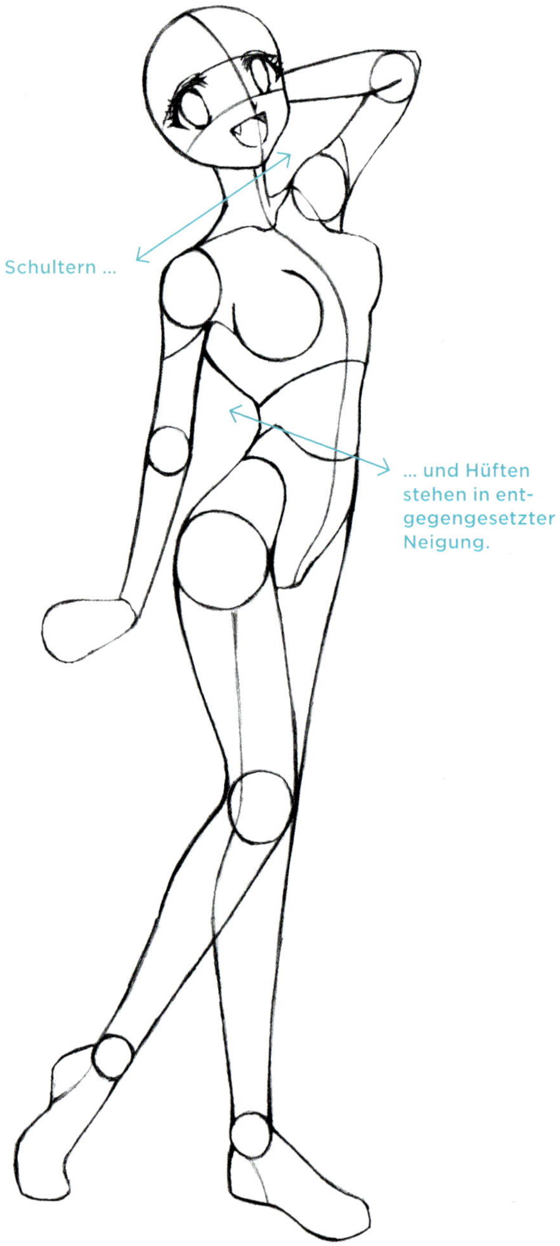

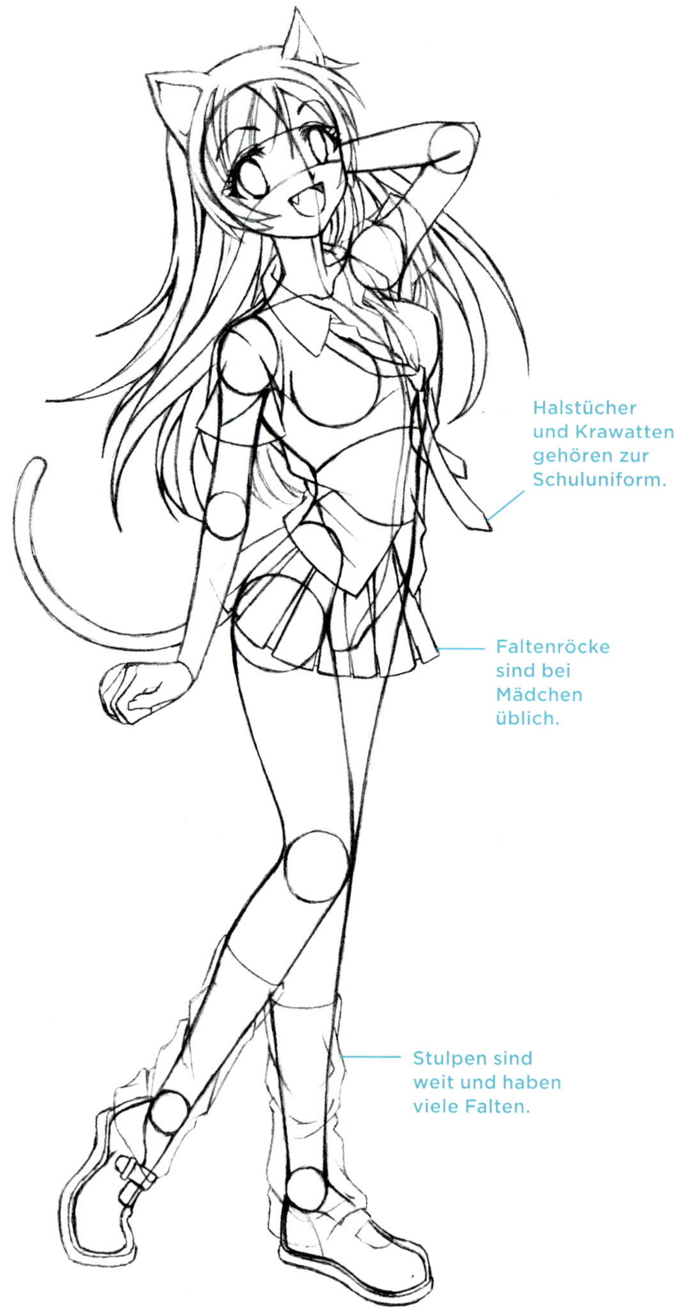

Blitz-Tipp

Stulpen sind sehr beliebte Accessoires, was ihr bei anderen Manga-Figuren sicher bereits bemerkt habt.

Majorette

Dieses mit hochgezogenem Bein in echter „Showgirl"-Manier tanzende Katzenmädchen hat den richtigen Katzen-„Antrieb", um sich als solches zu erkennen zu geben. Sie bekam Katzenohren, einen Katzenschwanz und als Tüpfelchen auf dem i auch einen Katzenzahn – nur einen, denn zwei sehen immer schnell wie Reißzähne aus und dann würde sie zu wild wirken. Und wie wäre es mit blauen Haaren? Nun, wir müssen ja nicht kritteln, ob das noch realistisch aussieht. Schließlich geht es hier um ein *Katzenmädchen*. Beachtet aber, dass sie ganz normale Haut hat und nicht mit Fell bedeckt ist, wie manche Geschöpfe aus dem Fantasy- oder Horror-Genre. Man kann auch ein Catgirl mit Fell ausstatten, aber dann ist die Figur nicht so attraktiv.

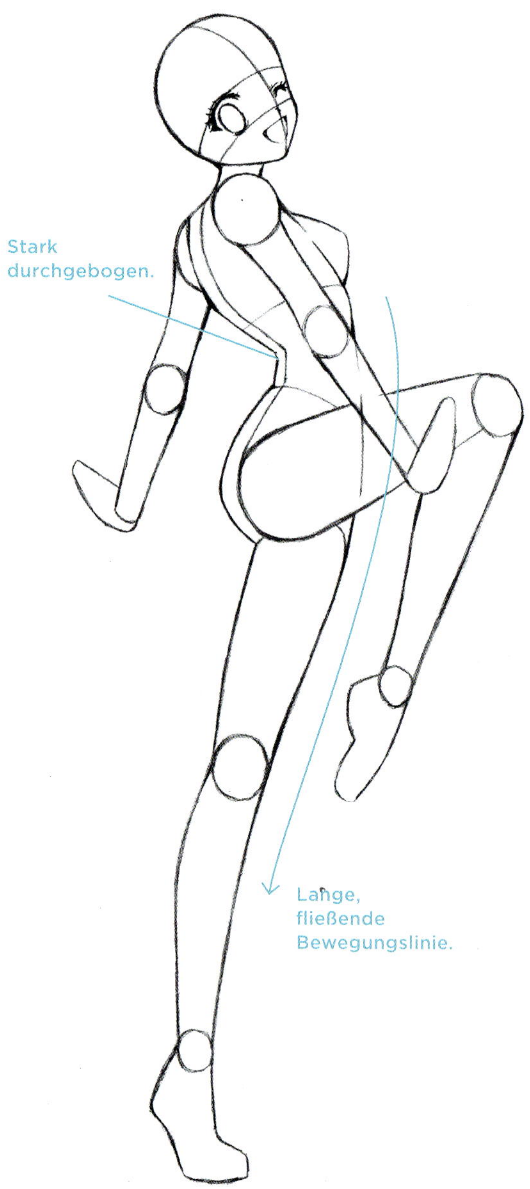

Blitz-Tipp

Ein gebogener Schwanz ist viel ausdrucksvoller als ein gerader.

Ängstliche Katze

Sagen wir mal, wir puschen nun das Charakterdesign, indem wir ihr mehr katzenähnliche Züge geben. Pfoten stehen an erster Stelle der Liste. Aber Niedlichkeit ist und bleibt unser größtes Ziel. Anatomisch korrekt gezeichnete Pfoten mit den „Daumen" leicht über dem Handgelenk würden grotesk aussehen. Doch man kann das Problem umgehen: Verwandelt die Katzenpfoten einfach in riesige viel zu große Handschuhe und Stiefel. Das ist ein großartiger Kunstgriff und viele Katzenmädchen tragen so etwas. Sie sind rund und flaumig.

Die Pfoten von diesem Catgirl sind nicht nur riesig – sie sind gigantisch! Je größer, desto komischer! Und da diese gigantischen Pfoten wie Boxhandschuhe aussehen, werden etliche Katzenmädchen, die sie tragen, beim Winken spielerisch ein paar Hiebe ins Publikum werfen. Außerdem ergibt es ein witziges Bild. Noch lustiger aber ist die Tatsache, dass sich unser Catgirl gerade mit schrillem Geschrei zu Tode fürchtet, weil eine winzig kleine Maus zu ihren Füßen sitzt. Während ihr Gesicht langsam rot anläuft, kullern die ersten Tränen aus den Augenwinkeln. Ausstaffiert wie eine Hauskatze trägt sie ein Halsband und Glöckchen.

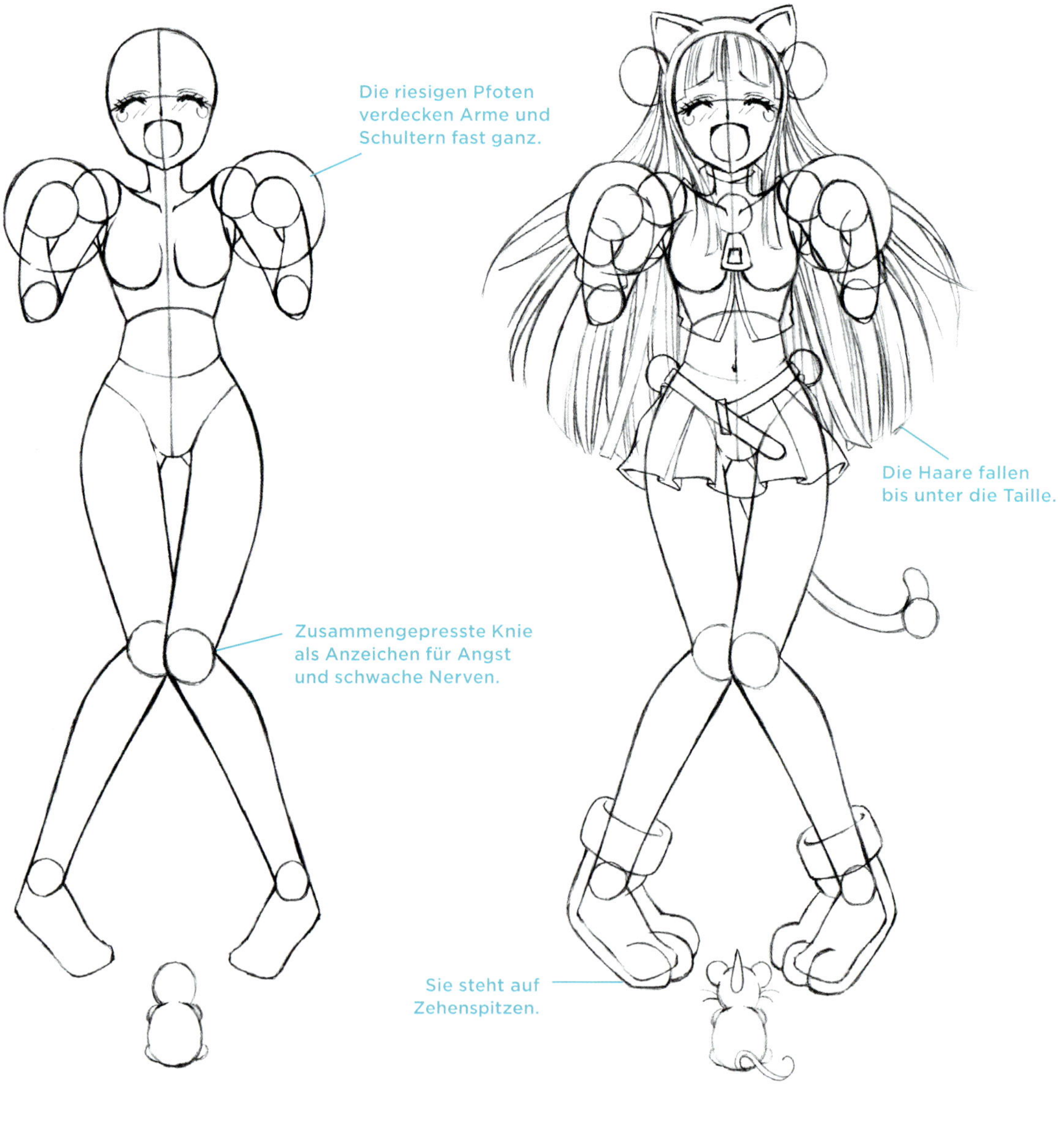

Blitz-Tipp

Zeichnet der Maus ein Horn, um sie in ein Fantasy-Wesen zu verwandeln.

MAGICAL GIRL

Das Magical Girl ist in der Regel eine gewöhnliche Schülerin, die sich durch Zauberkraft in eine superidealisierte Fantasy-Gestalt mit Spezialkräften und Fähigkeiten – von denen sie davor nur träumen konnte – verwandelt und in ihrer neuen heroischen Rolle unglaublich glamourös wirkt. Sie kann ein Top-Model, ein Rockstar, eine Star-Köchin oder eine Fantasy-Kämpferin sein. Ihr Outfit ist häufig eine ebenfalls verwandelte, total ausgeschmückte und pompöse Schuluniform. Üblicherweise ist sie noch mit einem Zauberstab, einem Schwert oder Schmuck und Kristallen ausstaffiert, aus denen sie ihr Kräfte bezieht.

Zauberstab mit
Herzspitze und
langem Band.
Kleine
Flügel.
Hohe
Stiefel.

MAGICAL-GIRL-AUSRÜSTUNG

Herzen sind in Shojo immer ein beliebtes Motiv, ob auf Kleidungsstücken, Accessoires oder für Hintergründe. Magical Girls tragen oft lange Stulpen oder hohe Stiefel. Flügel sind eine weitere Option. Falls ihr sie verwendet, sollten sie aber klein sein, denn mit größeren Flügeln könnte das Girl wie ein Engel aussehen.

TENNISSPIELERIN

Mit der rasant zunehmenden Beliebtheit des Manga-Comicromans *The Prince of Tennis* fand auch diese Sportart unter den Manga-Fans immer mehr Anklang. Allerdings sind die Stars in *The Prince of Tennis* alle männlich und so ist es nur natürlich, dass wir nun ebenso glänzende Tennisspielerinnen in Shojo-Manga einführen. Vielleicht kommt ja der nächste großartige Tennis-Manga mit einem weiblichen Champion aus euren Reihen. Oder vielleicht wird es ein lustiger Tennis-Manga. In dieser witzigen Szene, die sich auch noch über die nächsten beiden Seiten erstreckt, verfolgen die Augen der Spielerin perfekt den Ball, aber ihr Schläger … nun, das ist eine andere Geschichte.

Die leere Hand sollte
offen und locker sein.
Das Shirt weht im Wind und
zeigt die Bewegung an.

Völlig durchgestreckter Arm.

Blitz-Tipp

Nicht nur am Shirt, auch am Haar kann man die Bewegung sehen. Die offenen Zöpfe fliegen beide hinter den Kopf und zeigen so die Aktion des Charakters.

J-ROCKERIN

Der Begriff J-Rock steht einfach für Japanische Rockmusik. Modestile rund um den J-Rock sind ein gewaltiger Untergrund-Trend in Tokio. Sie reichen von süß und gemäßigt, wie das Outfit hier, bis hin zu total schrill und verrückt. Einige dieser „Rockstars" fanden ihren Weg dahin über Magical-Girl-Typverwandlungen – der wahr gewordene Traum jedes Tennagers.

Wenn ihr diese Art von Figur zeichnet, ist euer erklärtes Ziel, dass sich alles an ihr – von den Kleidern über die Haare bis zum Körper – anscheinend zum Beat bewegt. Nichts in diesem Bild darf statisch wirken. Viele Rocksänger verwenden im Konzert lieber ein Headset anstatt des Mikrofons. Doch um dem Betrachter auf einen Blick ihre Identität zu vermitteln, ist ein augenfälliges Mikro in der Hand die bessere Wahl.

„TRAUM"-BERUFE

Authentische Service-Outfits, wie etwa die eines Zimmermädchens, einer Sushi-Köchin oder einer Flugbegleiterin, sind bei den Leserinnen von Shojo-Comics äußert beliebt. In Japan steckt für die jungen Mädchen hinter einem solchen Kostüm jeweils ein „Traum"-Job, den sie sich in ihren romantischen Schwärmereien über ihr späteres Erwachsenenleben als absolut erstrebenswert ausmalen. Aus diesem Grund sieht man sie so häufig in den Manga-Romanen. Je förmlicher die Berufsklamotten aussehen, desto beliebter sind sie bei den jungen Leserinnen. In manchen Fällen führt der Weg zum Traumjob über eine Magical-Girl-Verwandlung.

Flugbegleiterin

Einige Mädchen träumen davon, rund um die Welt zu jetten, an die exotischsten Plätze, wobei sie von reichen Geschäftsleuten, die erster Klasse zu ihren internationalen Meetings fliegen, umschwärmt werden. Auch wenn die Flugbegleiterin, rein zeichentechnisch, nie mit den Gesichtszügen eines Teenagers dargestellt wird, gehört sie dennoch ins Shojo-Genre. Und die Shojo-Version einer Flugbegleiterin ist an sich ein Magical Girl, das seine Zauberkräfte dazu einsetzte, sich in diese Airline-Angestellte zu verwandeln.

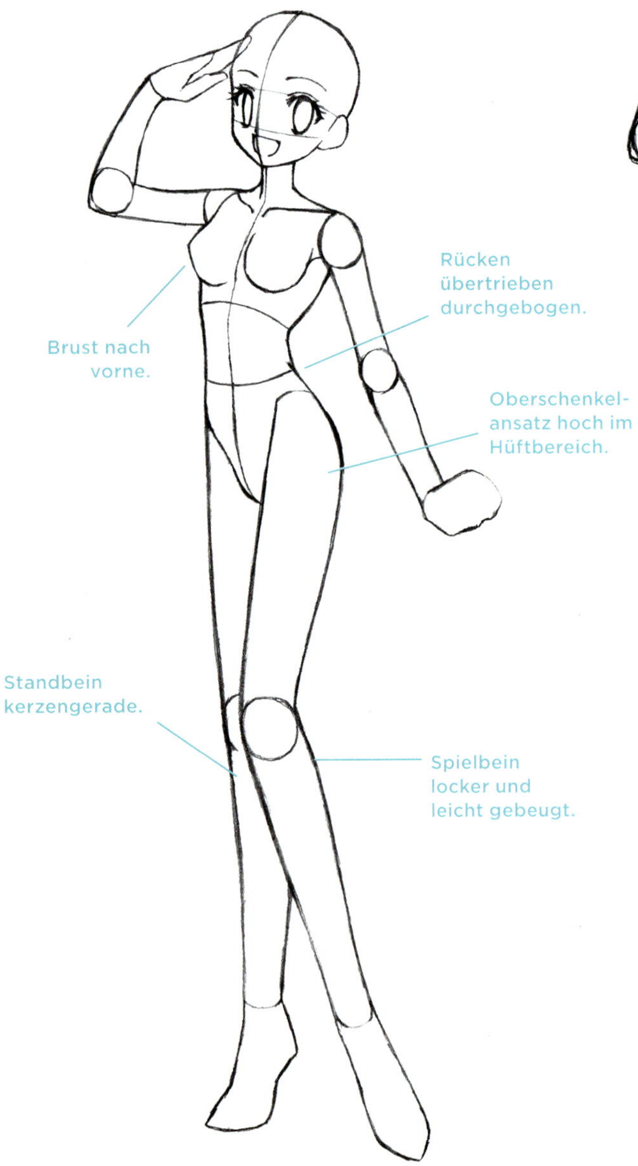

Sushi-Mädchen

Sie trägt die typische Arbeitskleidung für Sushi-Köche, die äußerst locker und bequem ist. Dazu gehören auch das Stirnband, die Schärpe, und wenn die Füße abgebildet wären, würdet ihr noch Sandalen und Socken sehen. Wie im Bereich der Nahrungszubereitung gang und gebe, ist ihr Haar hochgesteckt, damit es nicht mit dem Essen in Berührung kommt. Auszubildende, wie unsere junge Sushi-Köchin, sind sehr stolz auf ihre Arbeit. Sie kann es kaum erwarten, ihr gut zubereitetes Gericht dem Chefkoch zu präsentieren. Natürlich lauert die Katze schon und sollte sich unser Sushi-Mädchen nur kurz umdrehen, gibt es keine California-Röllchen mehr – nichts, was auf ihre harte Arbeit hinweist. Nur das leise Rülpsen einer Katze.

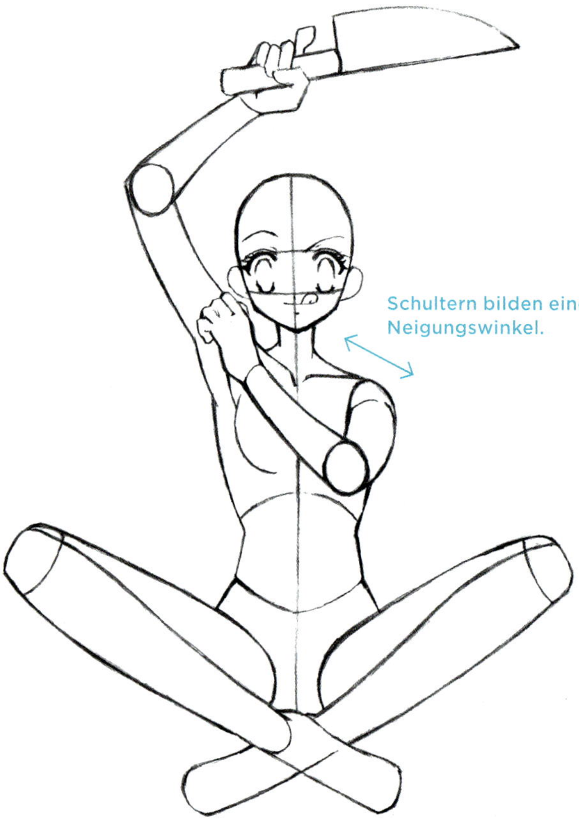

Blitz-Tipp

Die Kanten des Tisches werden als Schräglinien, die nach hinten leicht zusammenlaufen, gezeichnet, damit der Eindruck von räumlicher Perspektive entsteht.

Kein Hals für diese fette Katze.

FEE

Am besten stellt man Feen neben einem Objekt – etwa einer Blume – dar, um ihre Größe zu zeigen. Sitzt die Fee in einer sich öffnende Blüte, sieht man sofort, wie klein dieses Geschöpf mit seinen winzigen Flügeln wirklich ist. Feenflügel sehen meist wie Insektenflügel aus, etwa von Libellen oder Schmetterlingen. Oft sind sie transparent. Außerdem kann man die Winzigkeit der Fee noch betonen, indem man ihr kleine Fühler zeichnet.

In dieser Szene erwacht die Fee gerade von einem Nickerchen in ihrem blumigen Schlafzimmer. (Ich frage mich gerade, ob Feen auch Allergien haben.) Sie räkelt und streckt sich ganz zart, um wach zu werden.

KAMPFERPROBTE KRIEGER-PRINZESSIN

Man darf stark vermuten, dass sie nicht auf irgendeinen Märchenprinzen wartet, der sie rettet. Wenn ihr beim Zeichnen der Prinzessin an viel *Bausch* und *Rüschenlagen* denkt, wird das Kleid wunderbar. Seht euch zum Beispiel die voluminösen Puffärmel an. Und nach unten hin könnte man meinen, das Kleid sei mit Helium gefüllt! Das Oberteil dagegen liegt eng an und wird wie ein Mieder geschnürt, um die Figur zu betonen. Mit mehreren Reihen Volants, diesen gerafften Säumen, ist das Prinzessinnengewand prachtvoll verziert.

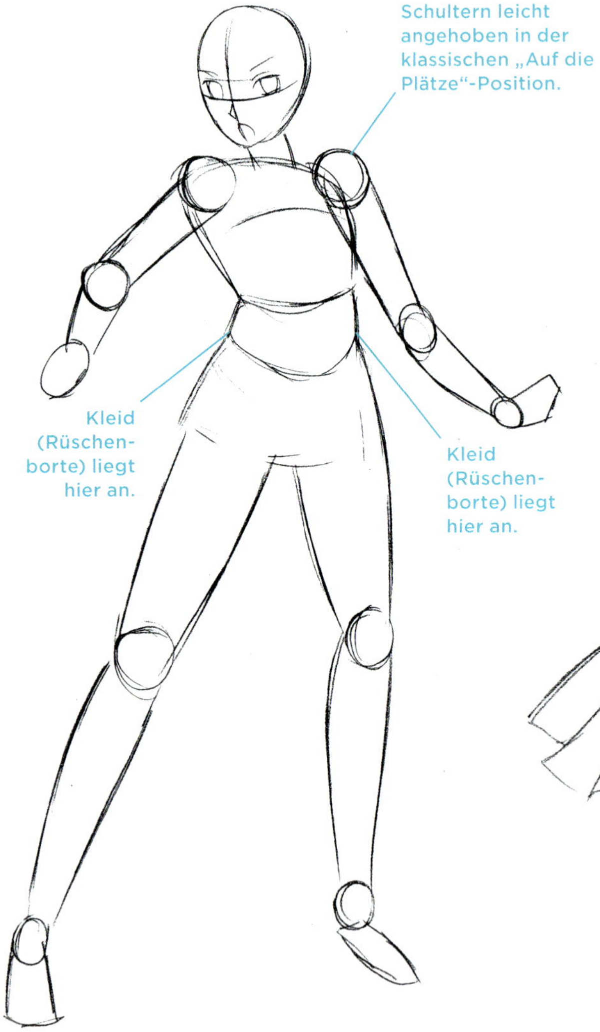

KÖNIGLICHE FARBEN

Was die Farbwahl angeht, ergeben Rosa, Weiß. Purpurrot und Gelb in verschiedenen Kombinationen ein ideales Farbschema für Königsgewänder. Ihr könnt aber auch zu Variationen aus Pastellblau und sogar sehr hellem Aquamaringrün greifen. Königsblau ist ein wenig zu satt und passt als Farbe höchstens vom Namen her.

SCI-FI-KÄMPFERIN

Mit dem typischen Gesicht einer Shojo-Gal wirkt diese Sci-Fi-Kämpferin viel attraktiver als mit dem einer Hard-Action-Sci-Fi-Gal. Eine Sci-Fi-Kämpferin ist eine Kriegerin in einer beweglichen Mecha-Rüstung – vor allem mit zusätzlichem Schulterpanzer, Hüftschutz und schweren Langschaftstiefeln. Die Schulterpanzer sind in der Regel das größte Element einer Mecha-Rüstung und können, müssen aber nicht, sogar selbst eine Waffe sein. Zu den weiteren Optionen zählen Knie- und Ellbogenschützer, Brustpanzer und Gürtel. Je vielfältiger ihr sie allerdings bewaffnet und ausrüstet, desto mehr ähnelt eure Figur einem Roboter, bis sie letztendlich unter einem Berg von technischem Wirrwarr begraben ist. Nüchtern betrachtet ist es noch immer so, dass die Leute lieber die Figur als die Maschinerie sehen.

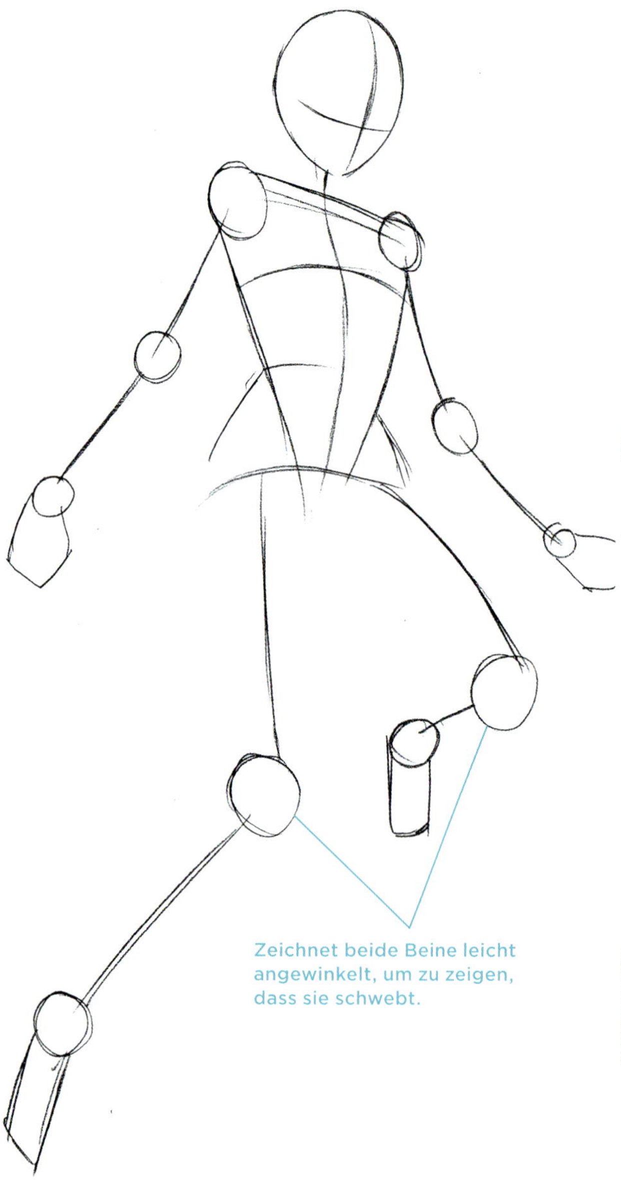

Riesige Schulterpanzer
wie gigantische Football-
Polster – mal drei!
Hüftschutz.
Hochhackige
Stiefel.

Quick Tip

Mecha-Stiefel haben immer hohe Absätze – auch wenn sie von männlichen Sci-Fi-Typen oder Robotern getragen werden.

ALTERNATIVES CHARAKTERDESIGN: FANTASY-KRIEGERIN

Wenn ihr eine Sci-Fi-Kämpferin zeichnen könnt, gelingt euch auch eine Fantasy-Kriegerin. Ihr seht die Ähnlichkeiten bei den stromlinienförmigen Anzügen und dem wirbelnden Haar. Sci-Fi- und Fantasy-Anzüge sind meist einteilig und hauteng, was auf die Zukunft als einen Ort der utilitaristischen Funktionalität hinweist. Natürlich ist auch der figurbetonende Zusatzeffekt bei den attraktiven weiblichen Charakteren recht vorteilhaft. Erwähnenswert ist, dass aufgrund der ansprechenden Ästhetik und der Shojo-ähnlichen Gesichter mit den großen Augen relativ viel Fantasy in die Shojo-Kategorie fällt.

Auch die Posen ähneln sich: ein Bein ist angewinkelt, das andere eher durchgestreckt und der Rücken ist auf eine bestimmte Weise durchgebogen. Und wie die Sci-Fi-, so schwebt auch die Fantasy-Kämpferin in ihrer besten Pose. Hier könnt ihr beim Zeichnen richtig dramatisch werden. Schwebende Posen wie diese sind meist nur poetisch und weniger praktisch. Sie dienen alleine dazu, die Fantasie der Leser zu beflügeln. Verwendet sie, um einen neuen und wichtigen Charakter in Szene zu setzen oder um einen dramatischen Moment zu kreieren.

NICHTS FÜR SCHWACHE NERVEN: „BÖSE“ MÄDCHEN

Böse macht Spaß. Spaß beim Lesen, Spaß beim Zeichnen. Manche behaupten, Bösewichte seien die besten Charaktere, weil sie so schillernd und durchtrieben sind. Weibliche Bösewichte sind typischerweise leicht erregbar, verführerisch und intrigant. Das macht sie zu gefährlichen und furchtbaren Gegnern. Und zu allem Überfluss sind sie umwerfend schön. Nicht selten werden durch ihre Schönheit männliche Charaktere ins Verderben gestürzt.

Shojo-Schurkinnen werden üblicherweise mit idealisierten Proportionen gezeichnet: extralange Beine, kurvenreicher Oberkörper und lange, elegante Arme. Da die Bösen generell eitel sind, ist die Klamottenfrage ein wichtiger Teil des Charakterdesigns. Meist tragen sie exzentrische Outfits – je ausgefallener, desto beliebter beim Publikum.

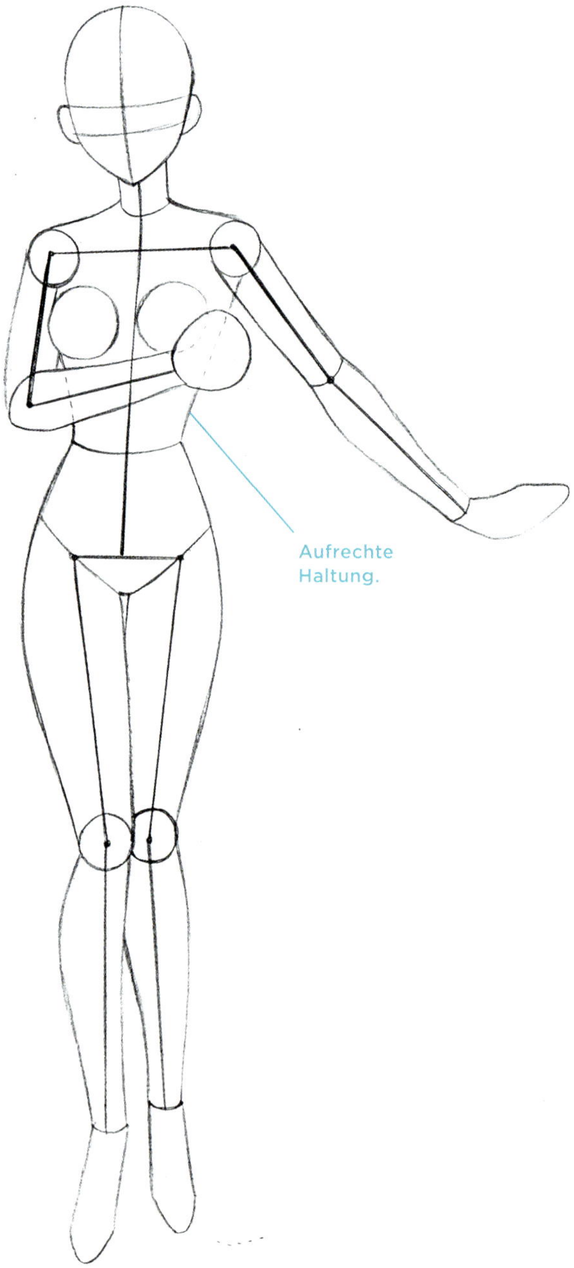

Doktorin Ruinösa

Die hübsche Doktorin wird euch nun untersuchen. Und sie hat einen besonderen experimentellen Behandlungsplan speziell für euch … er beinhaltet eine Gehirn-Chip-Implantation. Nur keine Angst. Denn was soll´s, wenn bislang noch niemand diese Operation überlebt hat? Es gibt immer einer erstes Mal.

Hochintelligente Charaktere tragen gewöhnlich eine Brille. Hierzu gehören Genies, Professoren, Wissenschaftler und Doktoren beiderlei Geschlechts. Außerdem weiß man, dass sie einen Labormantel tragen. Aber hinreißende, böse Doktorinnen tragen unter ihren Kitteln noch ein fetziges Outfit, um zu zeigen, dass sie nicht nur an Krankenheilung, sondern auch an ganz andere Dinge denken. Das rote Kleid und die violetten Leggins sind eine besonders brisante Kombination. Die Frisur ist ebenso wild und das Klemmbrett ist ein Must-Have für jeden Doktor. Vergesst Stethoskop und Spiegel-Stirnband – das sind Klischees aus altmodischen Comics.

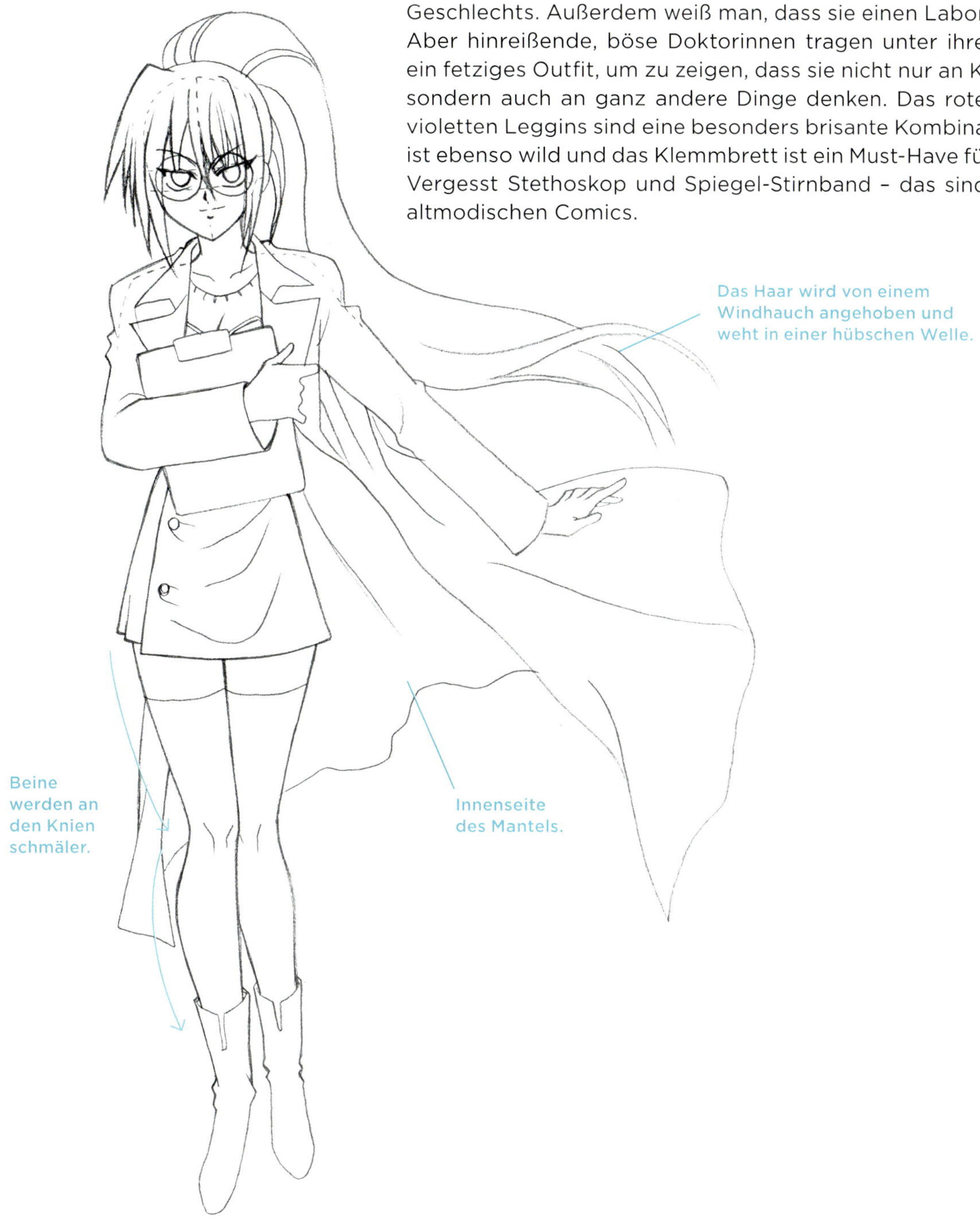

Blitz-Tipp

Diese Figur steht kerzengerade, während ihre Kleidung und ihr Haar den nötigen Schwung und die Action in die Pose bringen. Selbst der Kittel flattert und springt auf, sodass wir die Innenseite sehen. Und das Haar spiegelt die Bewegung des Kittels wider.

Eiskönigin

Die Eiskönigin ist eine beliebte Figur, deren Darstellung gleichwohl bei den verschiedenen Künstlern auch sehr unterschiedlich ist. Es überrascht sicher nicht, dass sie gewöhnlich als kalt, böse und gleichzeitig als verführerisch und wunderschön porträtiert wird. Manchmal soll sie eher die Königin des Winters, manchmal eine Eis-Fee sein. Ihr Farbschema setzt sich meist aus Weiß und Blau zusammen – Weiß für den Schnee und Blau für die Kälte und das Eis.

Als Anzeichen für die fehlende Redlichkeit, sieht ihre Kleidung zerschlissen aus. Wäre ihr Kleid völlig weiß und intakt, würde sie tugendhaft wirken. Das verschlissene blaugraue Outfit dagegen signalisiert ihre bösen Absichten. Und das Diadem besteht nicht aus Diamanten, sondern aus Eiskristallen.

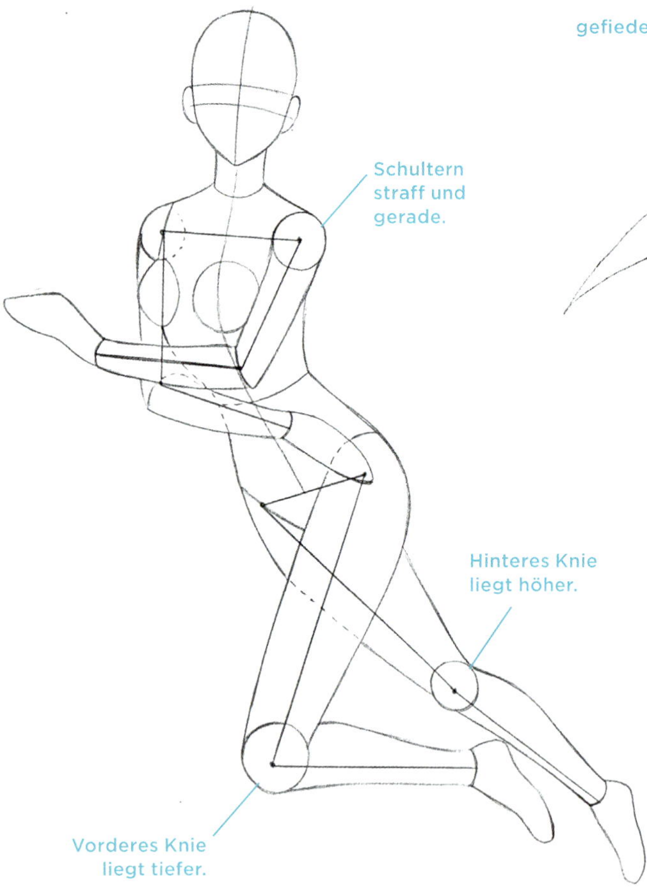

Zerschlissenes Kleid.

Blitz-Tipp

Da die Figur leicht nach vorn geneigt ist, scheint das gebeugte Knie aus diesem Blickwinkel tiefer zu liegen als das hintere gestreckte Knie.

ALTERNATIVES CHARAKTERDESIGN: GEHEIMNISVOLLES GOTH-MÄDCHEN

Wie bei der Sci-Fi-Kämpferin und der Fantasy-Kriegerin auf den Seiten 94 und 95, könnt ihr auch hier von einer Pose und einem Charakterdesign ausgehend die andere Figur erstellen. In diesem Fall dient die Eiskönigin als Inspiration für einen ebenso verführerischen und bösen weiblichen Charakter: die geheimnisvolle Goth-Gal. Ihr seht, wie sich die Posen ähneln, am meisten unterscheiden sie sich in Bezug auf die Haltung der Arme. Bei den Beinen sind leichte Anpassungen nötig, ebenso bei der Gesamtbewegung des Oberkörpers, aber an sich ist es das Kostüm, das die beiden Figuren wirklich unterscheidet. Wie bei der Eiskönigin ist die Taille schmal, während die Schultern und Hüften breiter sind, und das Haar weht wie von einem Windhauch erfasst in einer Hauptrichtung nach hinten. Lange gelockte Haare sind bei einer Goth-Gal Standard, ebenso dunkle lange Wimpern, vor allem an den Unterlidern. Auch schwarzer Lippenstift wird häufig zur Betonung des Flairs einer sensiblen Bösen eingesetzt. Das Kleid hat eine lange, richtungsgleich mit dem Haar wehende Schleppe, die in Höhe der Taille am figurbetonten Mieder befestigt ist, sowie einen tiefen Ausschnitt, mit dem die Goth-Gal ihre verführerische Art offen zur Schau stellt. Ellbogenlange Handschuhe oder sehr lange, die Hälfte der Hände bedeckende Ärmel sind ebenso obligatorisch wie High Heels.

ALTERNATIVES CHARAKTERDESIGN: DÄMONIN

Teufel und Dämonen müssen weder fratzenhaft oder unterirdisch aussehen, noch brauchen sie riesige Reißzähne und rinnendes Blut. Sie können weiblich, verspielt, attraktiv und freundlich sein ... jedenfalls solange ihr auf der Hut seid. Danach kann alles passieren. Sie halten immer einige Kraftreserven zurück, um sie plötzlich einzusetzen. Einige von diesen dämonischen Schönheiten haben sogar ein gewisses Einfühlungsvermögen. Aber ihr könnt niemals sicher sein, dass sie euch nicht gerade dann, wenn ihr am verletzlichsten seid, in ihrer Gier nach eurer Seele übermannt.

Die winzigen Flügelchen sind reine Zierde. Mit diesen könnte sie nicht einmal zwei Millimeter vom Boden abheben. Sie sind einfach ein kleines Extra aus der „Bösewicht"-Abteilung und dafür erfüllen sie ihren Zweck. Ordnet sie also lieber ihrem Kostüm als ihrer Anatomie zu. Gibt es noch etwas anzumerken? Die Schulter werden mit einer leichten Neigung gezeichnet, die Beinöffnungen ihres Anzugs gehen bis zur Hüfte hoch und anstatt einem flatternden Gewand schwingt ein gebogener Schwanz hinter der Figur her. Aber die Pose ist, bis auf ein paar kleinere Anpassungen, wieder dieselbe wie bei der Eiskönigin und dem Goth-Mädchen. Wenn ihr also die Eiskönigin zeichnen könnt, gelingen euch auch die anderen beiden.

Wütende Cyborg

Cyborgs sind halb Mensch, halb Roboter. Und sie sind sehr stark. Diese hier hat gerade schlechte Laune – aber mit dieser Mimik auch ein süßes Shojo-Gesicht. Trotzdem möchte ich diesen Hydraulik-Armen nicht im Weg stehen.

Wichtig ist, dass der erste Zeichenschritt absolut auf Basis der menschlichen Figur erfolgt. Erst dann solltet ihr sie zum Roboter umgestalten mit Geräteteilen und Technik-Zeugs. Wenn ihr gleich zu Beginn versucht, den Mechanik-Zauber einzufügen, habt ihr kaum eine Chance, die Form richtig hinzubekommen.

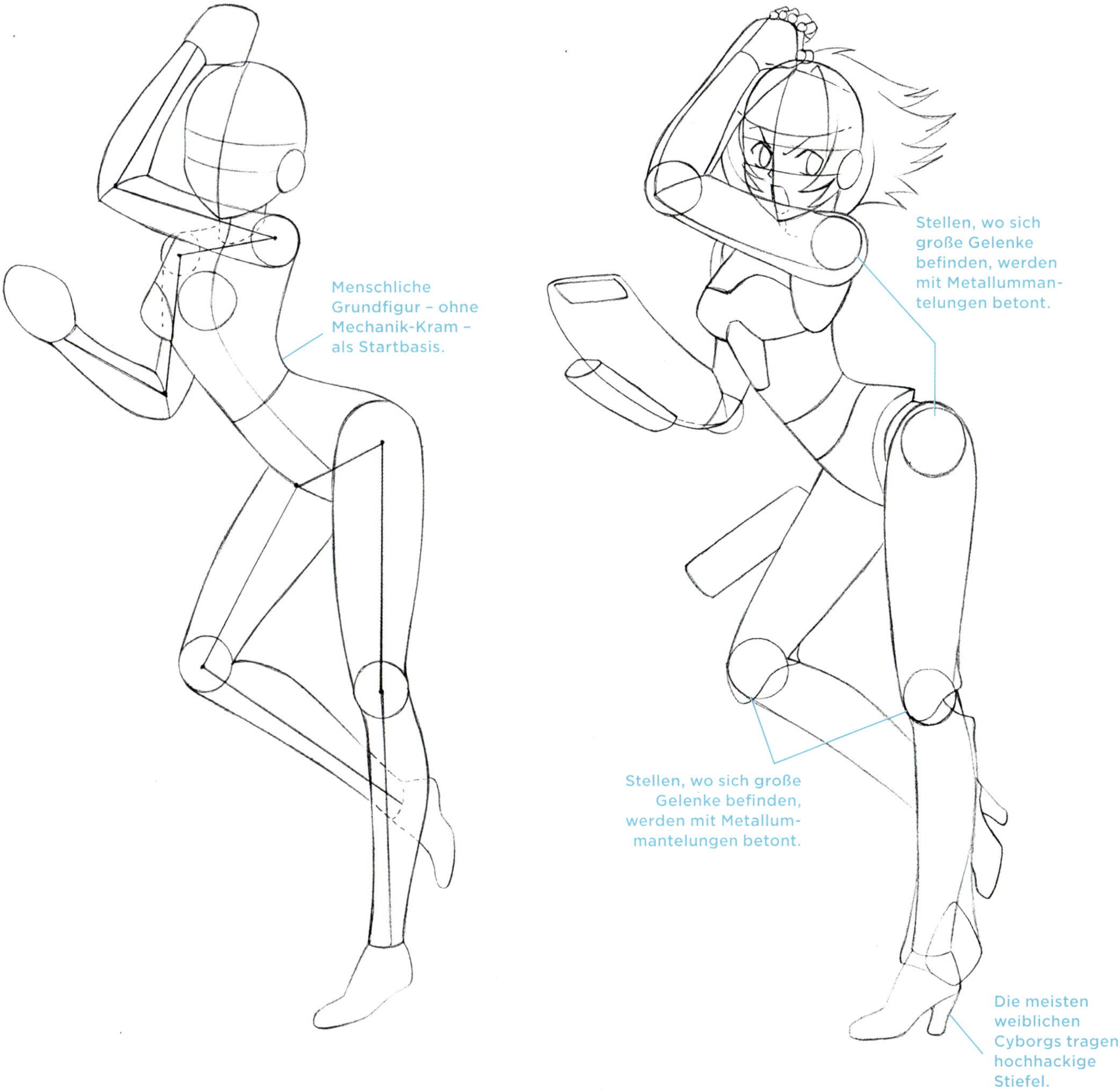

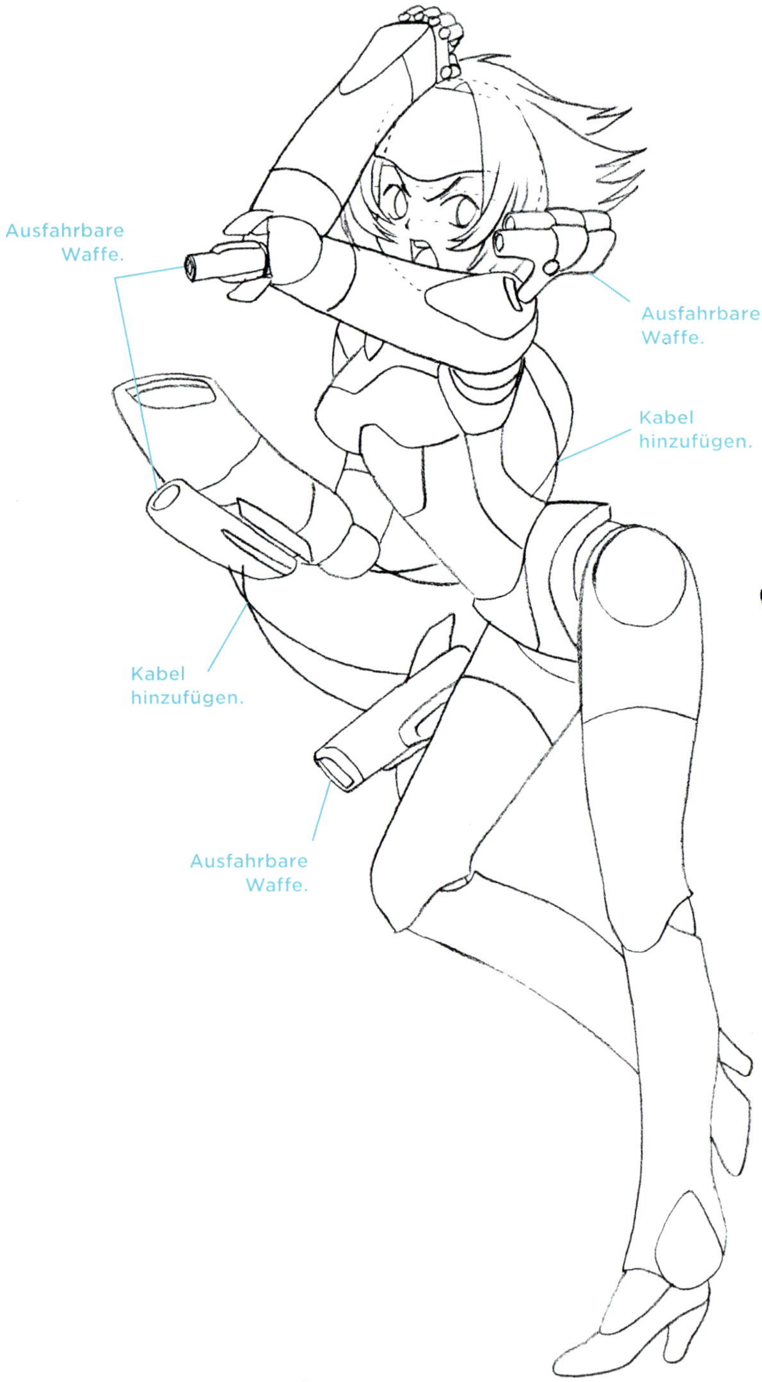
Ausfahrbare Waffe.
Ausfahrbare Waffe.
Kabel hinzufügen.
Kabel hinzufügen.
Ausfahrbare Waffe.

DIE Shojo-Jungs

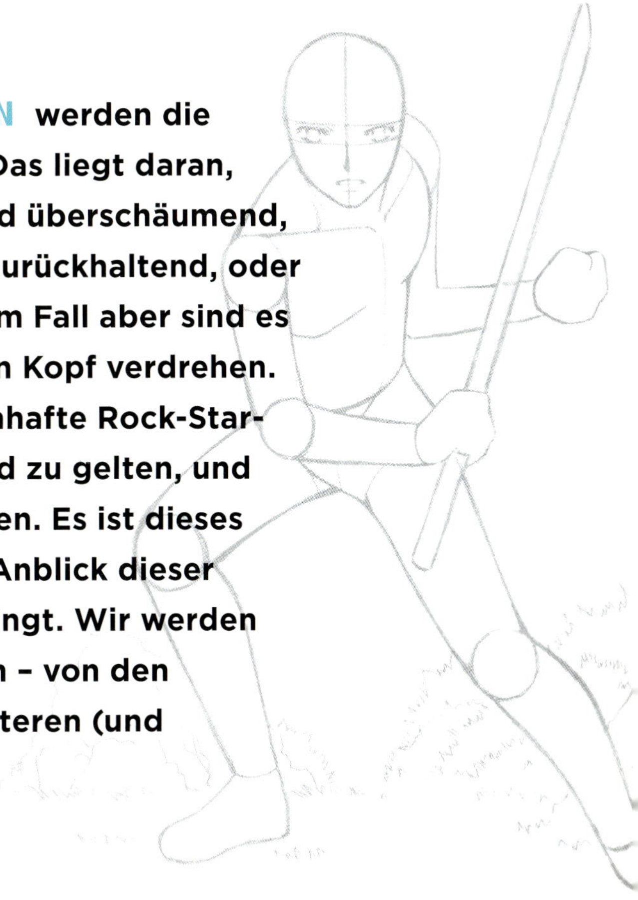

IM VERGLEICH ZU DEN SHOJO-MÄDCHEN werden die Jungs mit mehr Feinheiten gezeichnet. Das liegt daran, dass sie als Figur anstatt lebhaft, süß und überschäumend, eher mürrisch, angstbesetzt und etwas zurückhaltend, oder zumindest nicht so gesellig sind. In jedem Fall aber sind es schöne Jünglinge, die allen Mädchen den Kopf verdrehen. Sie haben dieses verdammt gute, jungenhafte Rock-Star-Aussehen: zu reif, um noch als hinreißend zu gelten, und zu jung, um als Erwachsene durchzugehen. Es ist dieses Übergangsalter, das die Mädchen beim Anblick dieser Matinee-Idole zum Dahinschmachten bringt. Wir werden nun alle populären Variationen erkunden – von den jüngeren (niedlicheren) bis hin zu den älteren (und gefährlicher aussehenden) Teenagern.

JUNGE BOYS

Eine beliebte Alterklasse der Teenie-Jungs in Shojo umfasst die ungefähr Zwölf- bis Fünfzehnjährigen. Viele jungen Mädchen haben bereits unter diesen Jungs in der Schule ihren ersten Schwarm. Leider sind aber die Jungs oft mit Sport und Autos beschäftigt und völlig ahnungslos, dass das Mädchen, das sie als ihre Kumpel-Freundin betrachten, sich gerade mehr wünscht und sie als richtigen Freund betrachtet. Der junge Teenie hat alle jugendhaften Shojo-Züge: riesige Augen, kleine Nase, kleiner Mund und unfrisiertes Haar. Er hat einen mittleren Körperbau – nicht zu leicht, aber er ist auch kein Sportler. Seine Kleidung ist lässig, manchmal trägt er einen Sportanzug. Das ändert sich, wenn er zu den älteren Teenie-Charakteren zählt, dann bekommt er modischere Klamotten und einen imposanteren Körperbau.

GRÖSSEN-VERGLEICH

Bei den jüngeren Teenagern sind Jungen und Mädchen nahezu gleich groß. Aber ein älterer Junge überragt dann beide ganz beachtlich. Mädchen sind immer hinter den größeren und älteren Jungs her. Sie ziehen ein reiferes Aussehen dem jungenhaften vor. Sorry, Kleiner. *(Zu den älteren Teen-Boys kommen wir auf Seite 120.)*

Baseballspieler

Ein Junge, der allem Anschein nach keinen Sieg erringen kann, gewinnt plötzlich doch für „sein Mädchen“. In der Hitze des Gefechts kommt natürlich auch Neid auf, weil man dem anderen immer eine Nasenlänge voraus sein will. Zwei Jungs wetteifern um die Gunst eines Mädchens, indem sie gegeneinander laufen oder um einen Punkt kämpfen. Es gibt so viele Elemente für eine gute Story rund um das Thema Sport.

Hier haben wir einen Charakter, der in einem Team spielt. Woran sieht man das? An seiner Kleidung. Er trägt ein Kapuzenshirt unter seinem Trikot und eine normale Hose, keinen kompletten Sportdress. So zeigen wir, dass er in einer Schulmannschaft spielt, auch wenn gerade kein Spieltag ist.

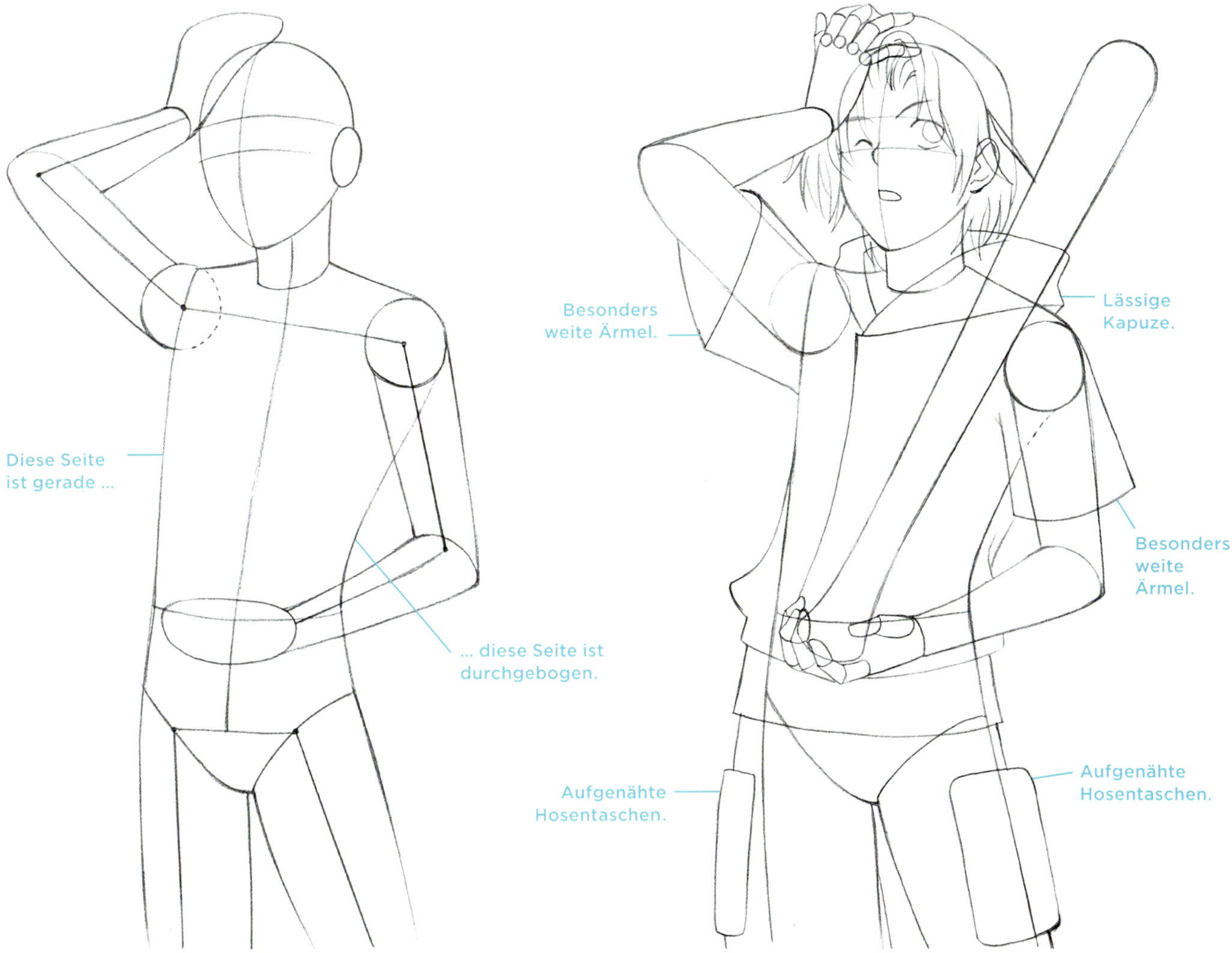

Daumen etwas abgespreizt in dieser Pose.
Daumen etwas abgespreizt.

Kopf und Körper im Halbprofil.

ALTERNATIVES CHARAKTERDESIGN: BAD-BOY-ROCKER

Mit einem ähnlichen Aufbau wie beim Baseballspieler (auch ein linkes Halbprofil) könnt ihr eine Vielzahl von weiteren Charaktertypen schaffen, um euren eigenen Stil zu finden. Bei diesem Gitarristen bietet sich zum Beispiel vor allem das Kostüm für Änderungen an. Seine Wirkungsstätte ist die Garage, wo er mit seiner Band probt und versucht, die High-School-Groupies abzuwehren, die immer wieder vorbeikommen. Er ist der böse Junge, der Bad Boy, von dem es an jeder Schule einen gibt. Wie ihr seht, sind die Augen im Vergleich zu den anderen Gesichtszügen wirklich riesig. Das ist der klassische Shojo-Look. Platziert die Augen tiefer, damit ihr eine hohe Stirn mit viel wildem Haar erzielt. Wenn ihr die Schultern etwas schräg stellt und den Kopf leicht zur Seite dreht, vermittelt die Pose mehr Action und ihr wollt ja, dass es so aussieht, als ob er sich beim Spielen bewegt.

Selbstbewusster Typ

Künstler sind immer auf der Suche nach neuen Wegen zum Zeichnen der zuvor gesehenen Dinge, sowie nach neuen Blickwinkeln, aus denen sie diese darstellen können. Wir alle müssen zum Beispiel Charaktere in stehender Pose zeichnen. Das ist unvermeidlich. Aber der Anblick einer Figur, die einfach nur dasteht, kann auch sehr langweilig sein. Hier kommt eine pfiffige Lösung für eine Standpose, die etwas ungewöhnlich aussieht, weil die Füße nicht auf gleicher Höhe positioniert sind. Durch die entsprechende Körpersprache gepaart mit einem gewinnenden Lächeln bekommt der Charakter ein Flair von Selbstvertrauen. Obwohl der Oberkörper nach hinten gelehnt ist, bleiben die Hüften und der Kopf gerade und in Stellung. Requisiten sorgen für mehr Spannung. Hier ist es ein Ball, aber ihr könnt für diese Pose auch andere nehmen: Eine Kiste, ein Baumstumpf, ein Stein, ein Rucksack oder eine Treppe gehen auch.

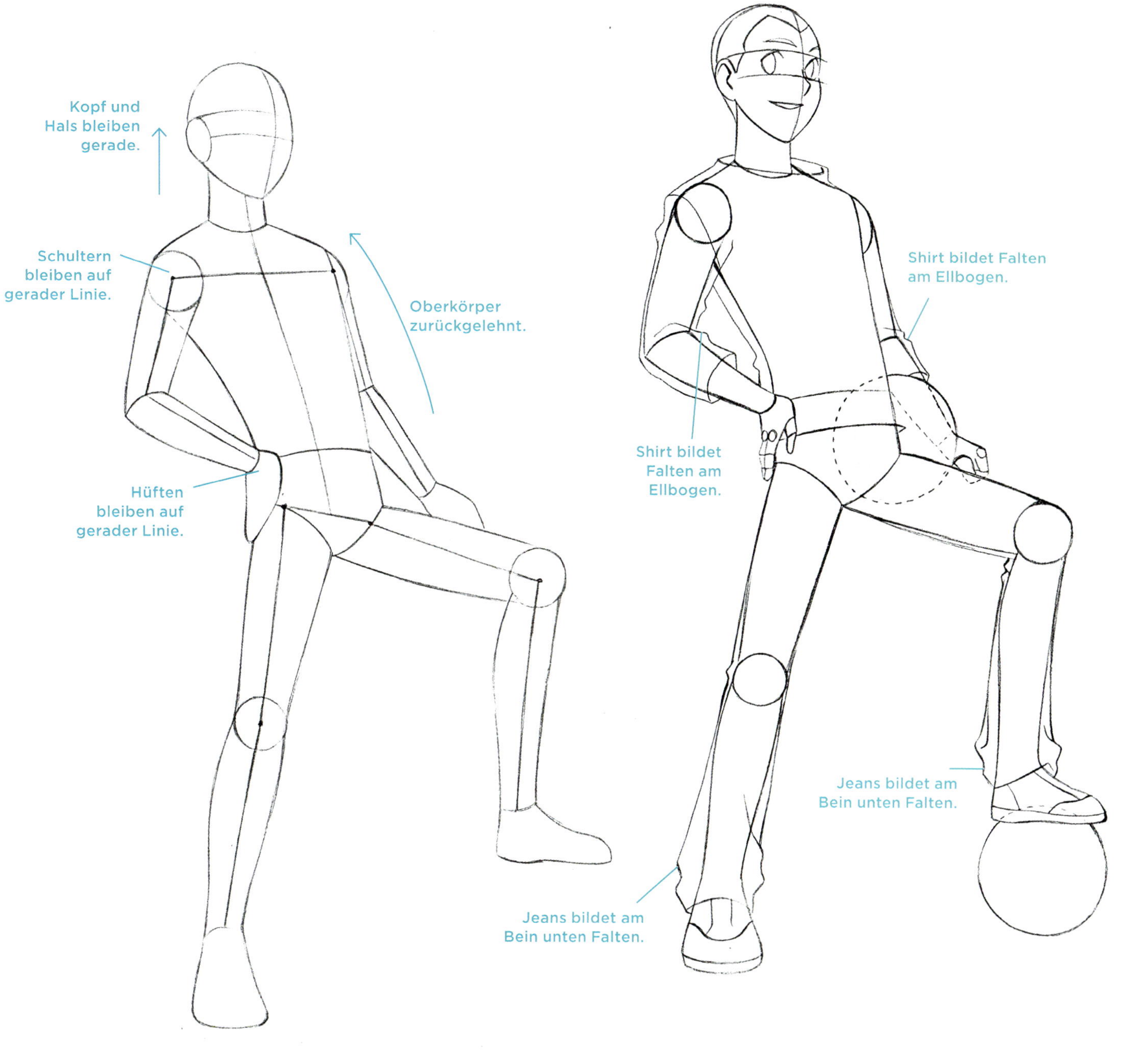

Musterschüler

Mit seiner Brille und seinen Büchern sieht er nicht nur wie ein Professor aus, sondern auch wie ein fescher junger Teenie. Alle Mädchen möchten, dass er ihnen bei den Hausaufgaben hilft – auch wenn sie die Lösungen längst haben!

Dieser Charakter wurde von einem leicht erhöhten Blickwinkel aus dargestellt. Es ist kaum merklich, aber wir, die Leser, sehen von oben auf ihn herab, unser Beobachtungspunkt liegt also oberhalb des Charakters. Wir erkennen es daran, dass wir seinen Kopf, seine Schultern, die Bücher und seine Schuhe auch von oben sehen. Dieser Ansatz peppt die ansonsten recht flache und langweilige Ansicht eines stehenden Charakters etwas auf.

Achtet besonders darauf, dass die Schultern etwas breiter sind als die Füße. Aufgrund der Perspektive erscheinen nämlich alle Dinge, die uns nahe sind (die Schultern), größer und die weiter von uns entfernten Dinge (die Füße) kleiner.

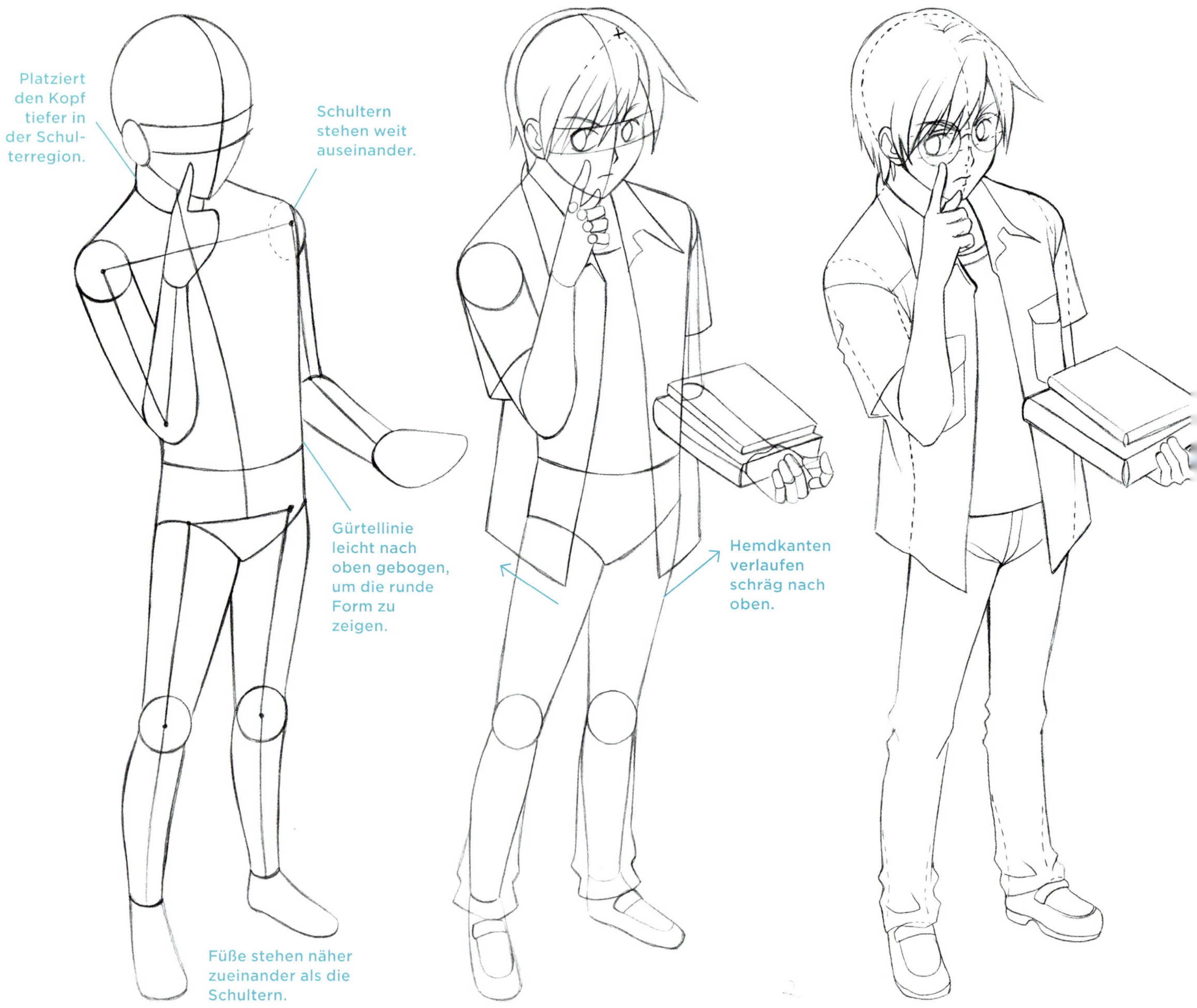

ÄLTERE BOYS

Gerade haben wir die jüngeren Shojo-Boys gesehen mit ihren jugendlichen, niedlichen, runden Gesichtern und ihren riesigen Augen. Sie sind zwar etwas klein von Statur, stecken aber viel Herz in alles, was sie tun. Dann gibt es noch einen anderen Typ von Boys, der in fast jedem Shojo-Manga die Seiten ziert: den älteren Teenager.

Diese Altersgruppe umfasst die Sechzehn- bis Neunzehnjährigen und stellt die beliebtesten Charaktertypen für das gesamte Manga-Genre. Die Mädchen fallen beim Anblick dieser Jungs reihenweise in Ohnmacht. Sie sind schneidiger, reifer und gutaussehend. Das Gesicht ist etwas kantiger und hat schmale, stechende Augen. Für die gesamte Körperlänge ist der Kopf sogar ein wenig klein. Das Haar wird hinten meist länger getragen. Der Oberkörper ist kräftiger, aber die Beine sind lang und schlaksig. Vergleicht einmal beide Typen.

ÄLTER GEGEN JÜNGER

Einige dieser gutaussehenden älteren Jungs sind anständige Typen, blocken aber oft Gefühle ab oder reagieren allergisch auf Verpflichtungen. Die Jüngeren blicken zu ihnen auf und betrachten sie als Vorbilder, weil sie ja so cool sind – und weil sie die Mädels bekommen. Dennoch ist es keine gute Idee, einen dieser Jungs zu bitten, dass er euch zeigt, wie ihr das Herz eines bestimmten Mädchens gewinnen könnt, weil es dann wahrscheinlich so kommt, dass sich das Mädchen nicht in euch, sondern in ihn verknallt.

Vorderansicht des Körpers

Beim älteren Teenager kann das Charakterdesign eine schwierige Aufgabe darstellen. Es erfordert etwas Geschick beim Zeichnen der menschlichen Gestalt, weil diese Charaktere vom Stil her ein wenig realistischer wirken müssen. Aber ihr müsst nicht auf Anhieb Experten sein. Mit diesen vereinfachten Grundansichten des Körpers schafft ihr den Einstieg leicht und allmählich. Zunächst beginnen wir mit simplen Strichmännchen und arbeiten uns langsam hoch bis zu den vollentwickelten Zeichnungen. Die Strichmännchen sind eine große Hilfe, wenn ihr euch auf die korrekte Platzierung der drei waagerechten Linien, die den Rumpf unterteilen, konzentriert: Schlüsselbein-, Brust- und Hüftline. In den übrigen Schritten sorgen wir für Volumen, Muskelumrisse und den letzten Schliff.

Der ältere Shojo-Boy hat einen Körperbau, der dem eines Turners ähnelt: schlank, aber dennoch athletisch. Gebt ihm breite Schultern, eine schmale Taille und dünne Beine. Keine Angst, ihr müsst nicht jede Muskelgruppe so exakt definieren, als würdet ihr einen amerikanischen Comic-Helden im Western-Stil zeichnen.

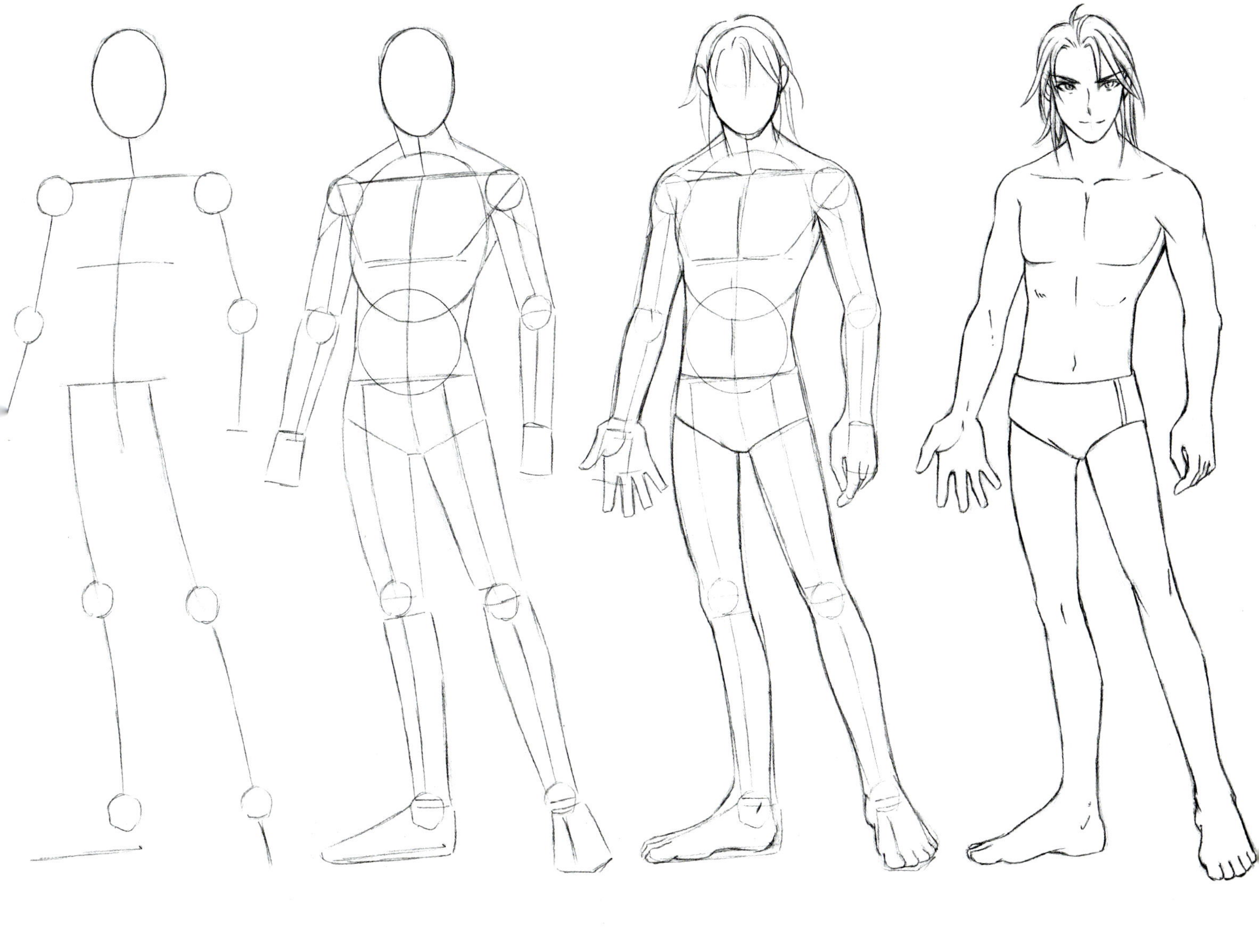

Seitenansicht des Körpers

Es gibt ein paar häufige Fehler in der Seitenansicht, die man vermeiden muss. Zunächst darf die Figur nicht zu schmal sein. Der Charakter sollte nicht plötzlich seine ganze Breite verlieren, nur weil er im Profil gezeigt wird. Dann die Beine: Zeichnet sie nicht ganz gerade, mit ein paar dezenten Wölbungen sehen sie besser aus. Zeichnet auch den Hals nicht kerzengerade, sondern leicht nach vorne geneigt. Wenn ihr die Körpermasse hinzufügt, dürft ihr die Vorderseite des Rumpfes nicht zu flach zeichnen; ihr braucht einige zusätzliche Konturen, um die Brustmuskulatur, das Brustbein und den Bauch anzudeuten. Der Rücken sollte eine ausreichende Wölbung für das angedeutete Hohlkreuz zeigen. Und die Knie sollten nicht zu markant oder zu knochig erscheinen.

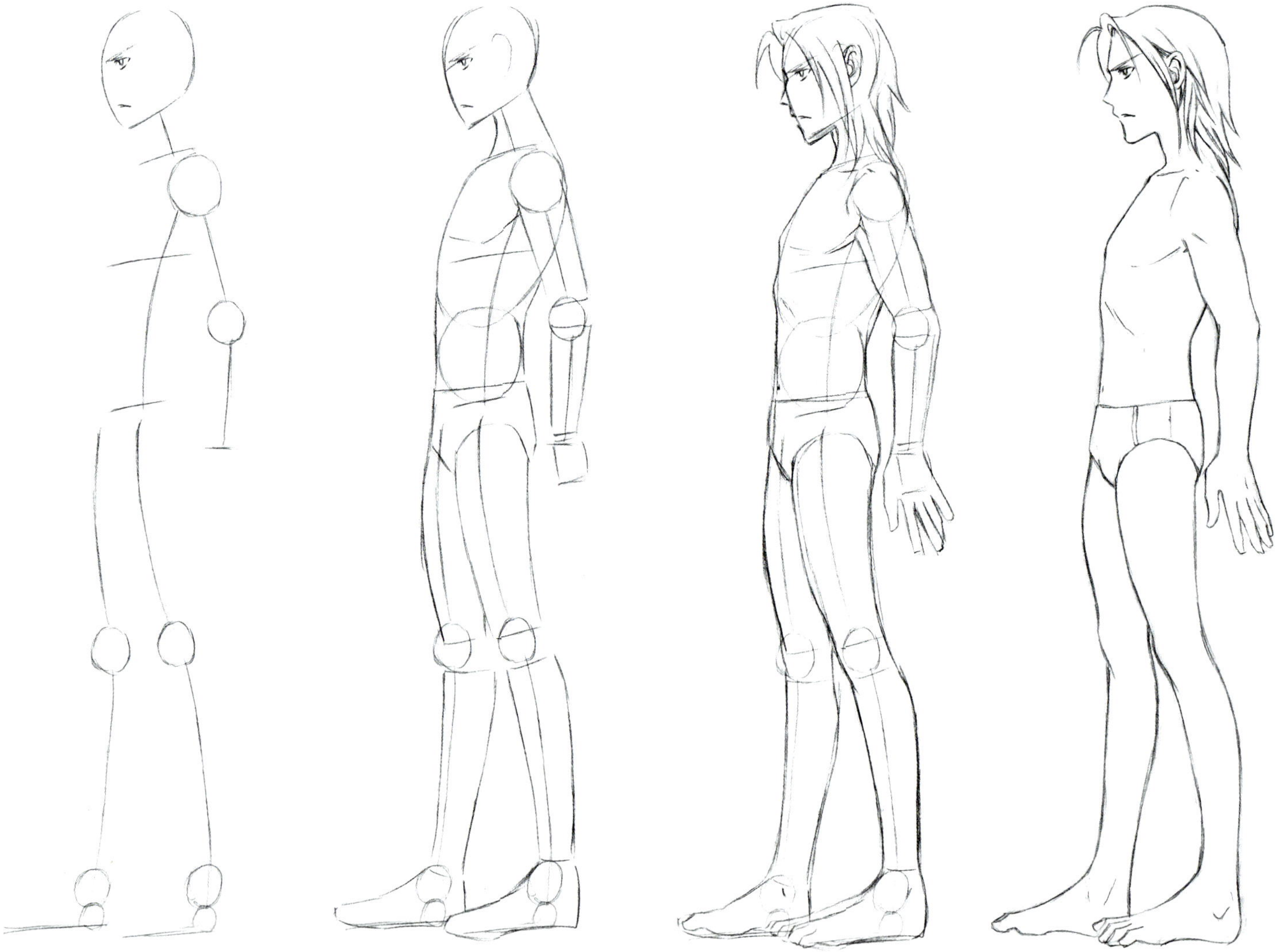

Rückansicht des Körpers

Auch bei der Rückansicht gibt es ein paar Fehler, die Unerfahrenen leicht passieren und die man vermeiden oder korrigieren kann, wenn man sie kennt. Typisch für Anfänger ist es, die Muskeln am Rücken zu üppig und zu definiert darzustellen. Sie zeichnen die Schulterblätter zu nahe beieinander und verbreitern den Rücken nach oben zu den Schultern hin nicht genügend. Und sie vergessen, den Rumpf in der Hüftregion breiter zu zeichnen, einfach weil es ja eine männliche Figur ist. Die Füße komplett zur Seite gedreht – ganz im Profil –, anstatt sie nur leicht in einem 45-Grad-Winkel abgespreizt zu zeigen, ist ein häufiges Problem, ebenso wie die Beine als Röhren, ohne sichtbaren Absatz für die Knie, zu zeichnen.

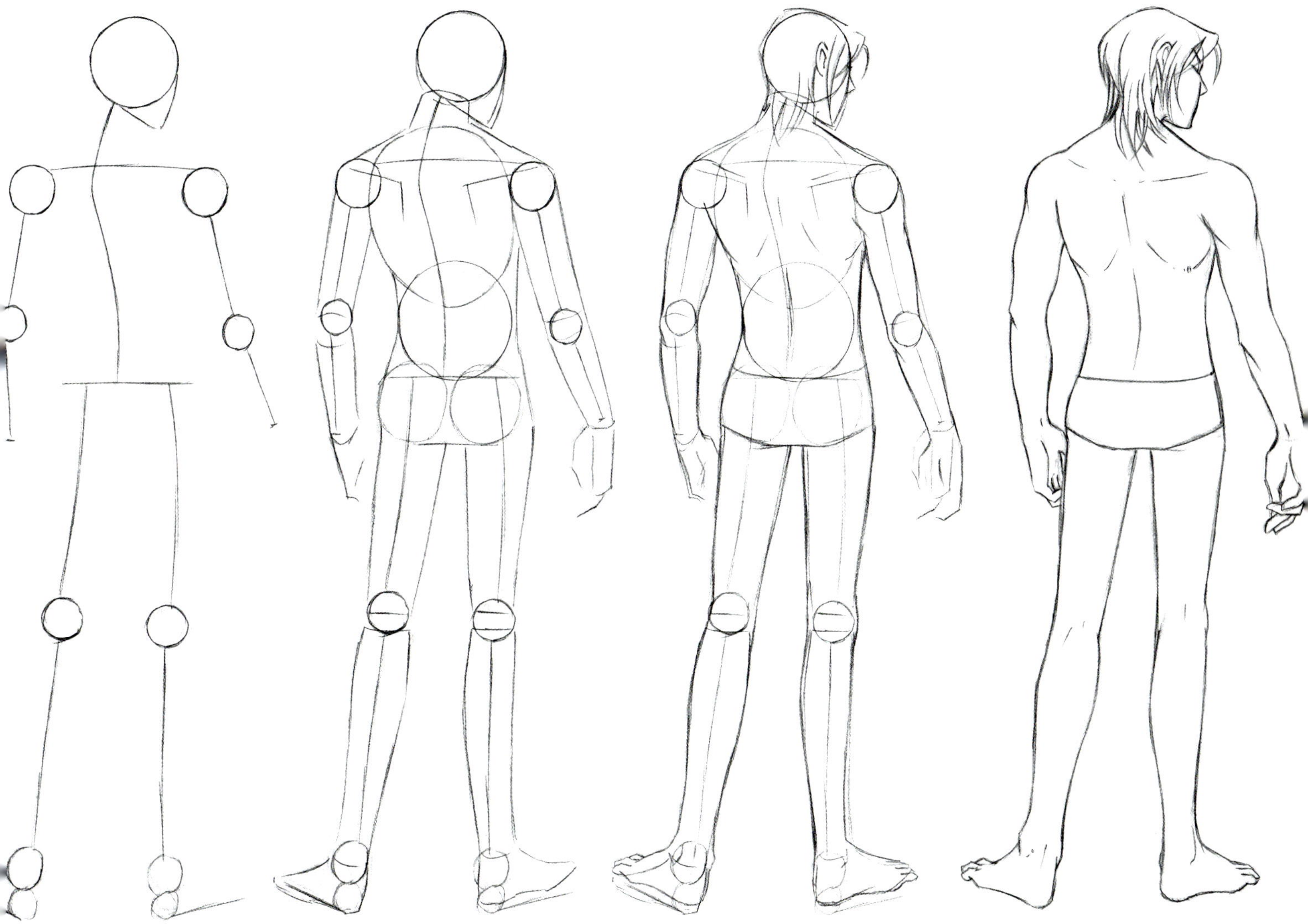

Eleganter Typ

Einer der wichtigsten Unterschiede zwischen jüngeren und älteren Boys besteht darin, dass die jüngeren niemals Anzüge oder trendige Klamotten tragen und nie so gediegen aussehen, wie ihre reiferen Gegenspieler. Postiert die älteren Teenie-Charaktere so, dass sie in ihrer eleganten Kleidung lässig und behaglich aussehen.

Auf den ersten Blick sieht diese Sitzpose recht simpel aus, sie ist aber ziemlich komplex. Der obere Teil des Körpers ist zum Betrachter hin gedreht, der untere Teil dagegen in die abgewandte Richtung. Durch die so entstehende Körperspannung wirkt die Pose energischer. Sucht immer nach einer Haltung, mit der ihr eure gezeichneten Sitzposen beleben könnt.

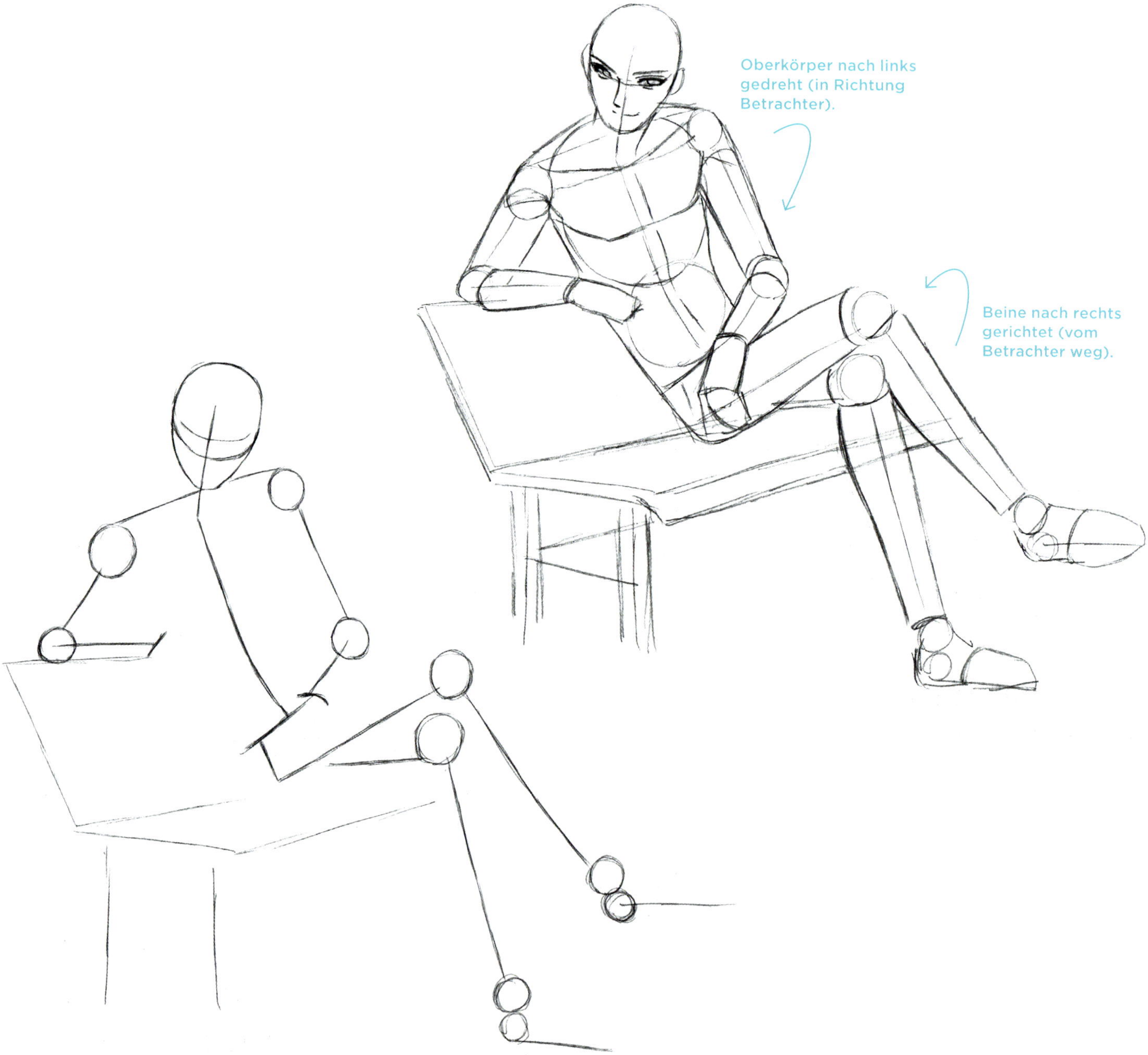

Zeigt mehr Schulterfläche hier …
… und weniger Schulterfläche da.

EIN WORT ZU SCHATTEN

Schatten müssen nicht präzise sein, um Wirkung zu haben. Spiegelt einfach die allgemeine Form. Sie müssen auch nicht schwarz sein. Wählt einfach eine Farbe. Aber falls ihr sie farbig darstellt, sollte der ausgesuchte Ton so gedämpft sein, dass er in den Hintergrund übergeht. Die Schattenfarbe darf dem Charakter nicht die Schau stehlen.

Junger Wissenschaftler

Erinnert ihr euch noch? Intellektuelle Charaktere tragen immer eine Brille und einen Laborkittel. Daran erkennt man gleich, dass sie gescheit und wenig sportlich sind. Doch hier ist das lange geflochtene Haar ein Wink an die Leser, dass dieser Charakter zwar ein Wissenschaftler, aber noch lange kein Fachidiot ist. Er hätte kein Problem mit einem Date zum Abschlussball.

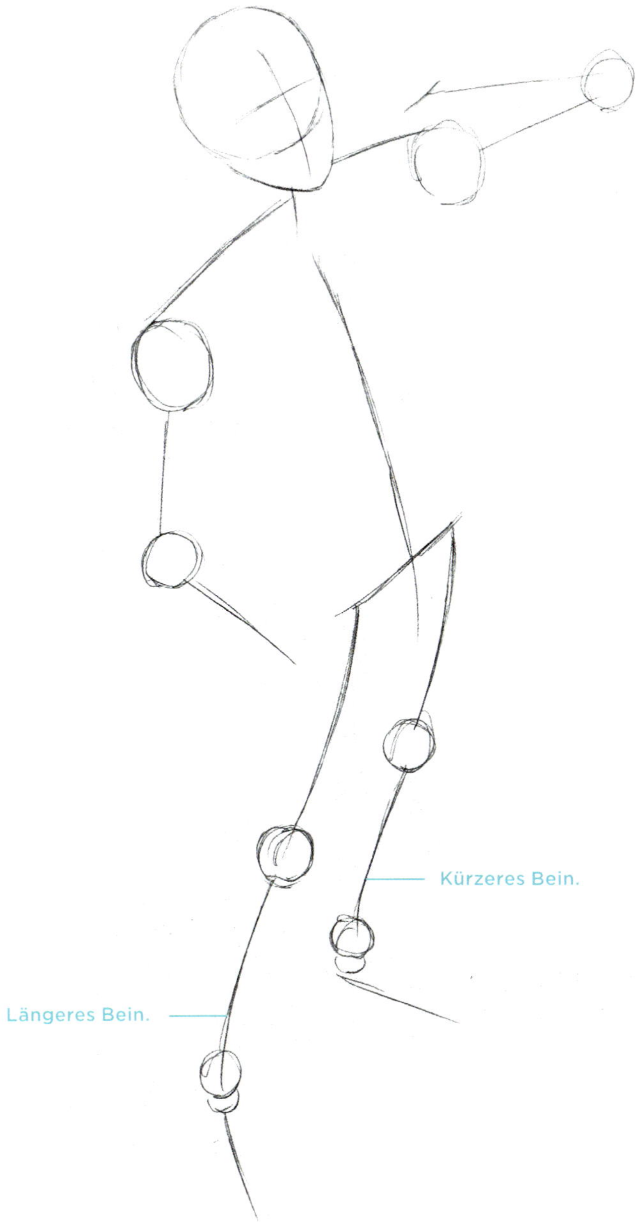

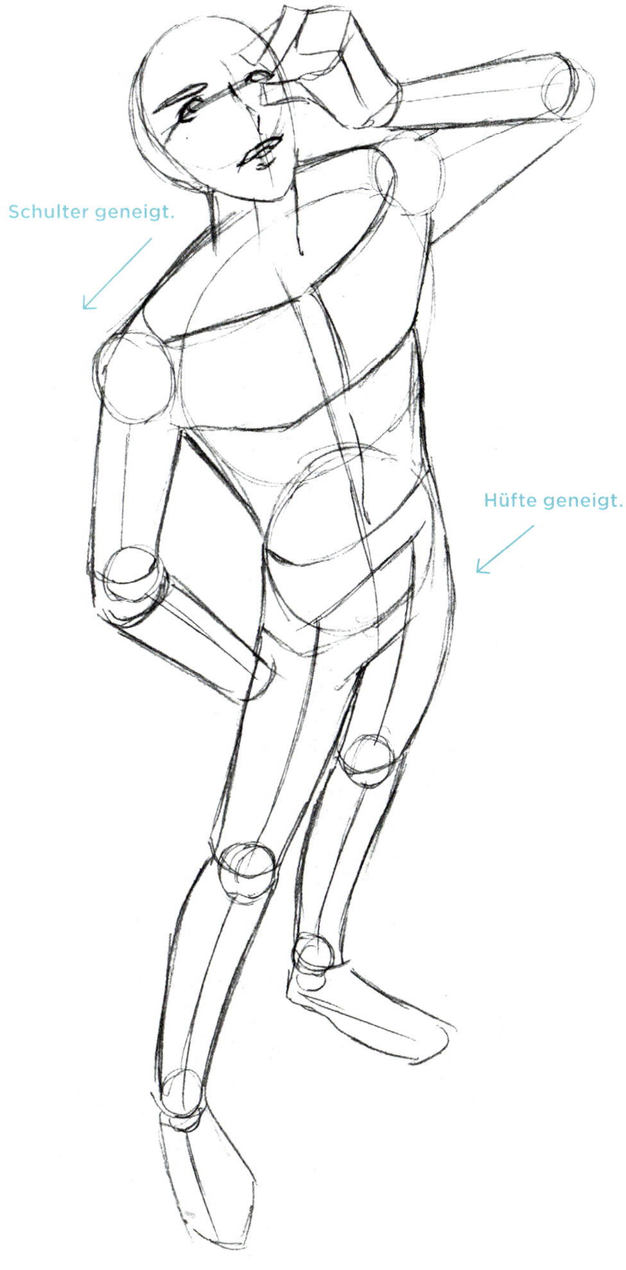

Kittel fällt übers Knie und bedeckt es.
Kittel endet oberhalb des Knies.

VOGELPERSPEKTIVE – ERHÖHTER BLICKWINKEL

Seht ihr, wie kurz das Bein rechts im Bild aussieht? Das liegt an der Perspektive, die bewirkt, dass die vom Leser weiter entfernte Körperseite optisch verkürzt erscheint. Und dennoch sieht es, dank unseres „erhöhten Blickwinkels“, ganz natürlich aus.

Rennfahrer

Gebt einem Teenager einen roten Sportwagen und ihr habt den Ärger. Nicht im Hinblick auf die Zeichnung, sondern wegen der hohen Versicherungsprämien. Soweit es das Zeichnen betrifft, könnt ihr euch das Auto zuerst vereinfacht als Kiste denken. Versucht euch bildlich eine Kiste mit zwei Seiten vorzustellen, denn dann sieht sie gleich so aus, als hätte sie Abmessungen und Tiefe. Damit ihr die Proportionen korrekt hinbekommt, werft ihr am besten einen Blick auf die Zeichenschritte hier, um euch das Verhältnis von Jungenfigur zu Auto vor Augen zu führen. Vergesst nicht, dass ihr ihn zurückgelehnt, mit seinem ganzen Gewicht aufs Auto gestützt, zeichnen müsst. So bekommt er die coole und lässige Haltung, auf die ihr abzielt.

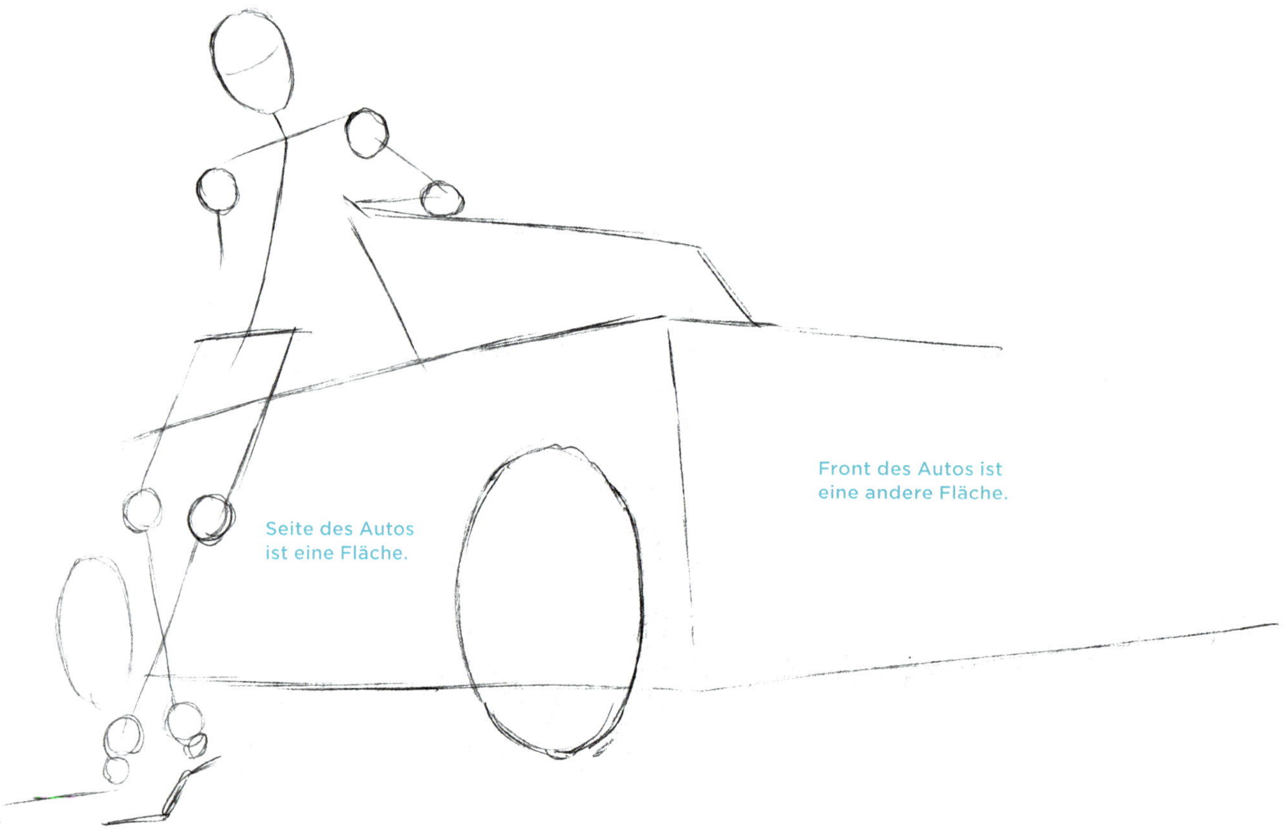

Blitz-Tipp

Zeichnet das Auto mit zwei sichtbaren Flächen: Seite und Front. Das vereinfacht es und gibt ihm eine glaubwürdige Form.

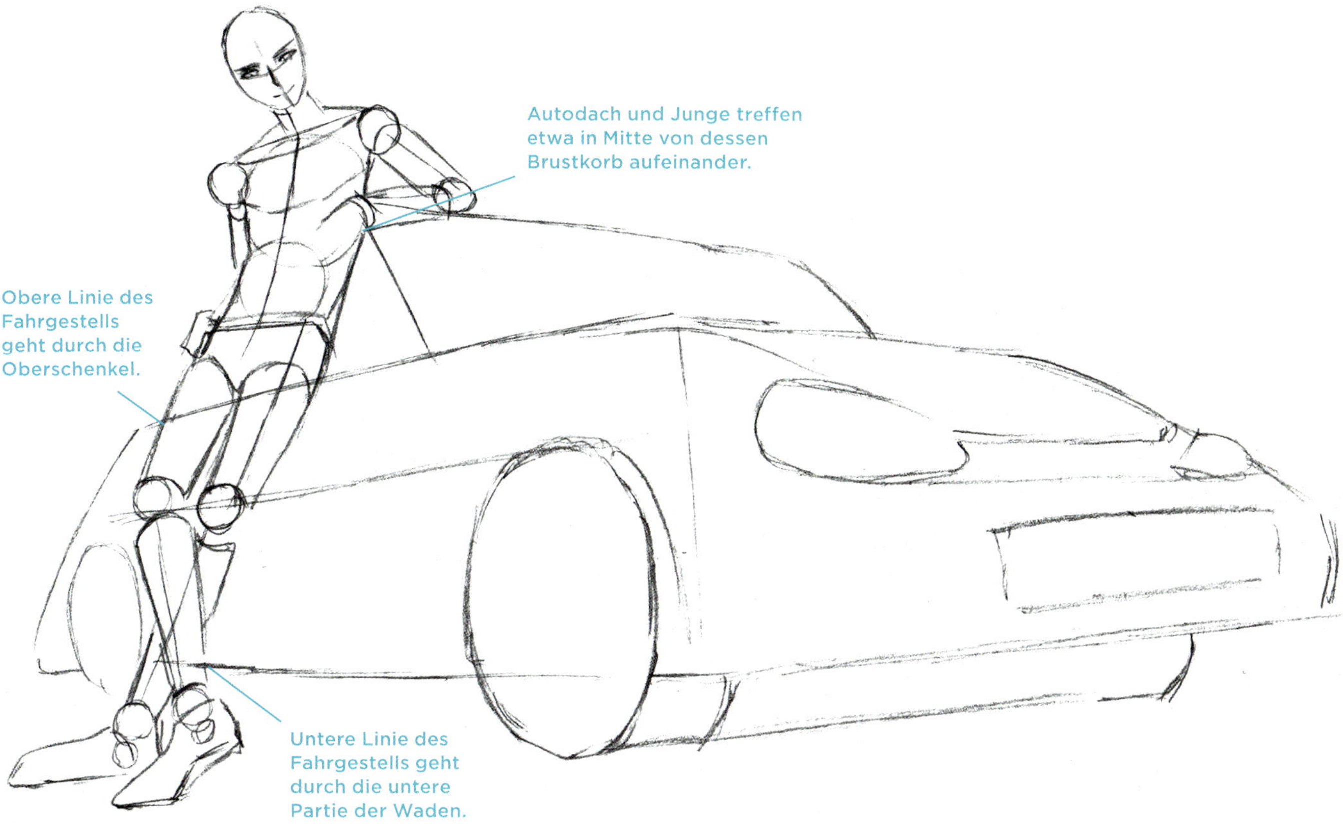
Autodach und Junge treffen etwa in Mitte von dessen Brustkorb aufeinander.
Obere Linie des Fahrgestells geht durch die Oberschenkel.
Untere Linie des Fahrgestells geht durch die untere Partie der Waden.

Gefallener Engel

Gut aussehende böse Jungs sind in Shojo äußert beliebt. Die Highschool-Mädchen neigen dazu, die Tatsache, dass sie böse sind, zu ignorieren und bezeichnen sie stattdessen lieber als „missverstanden“. Aber was ist, wenn sie euch eure Seelen rauben und euch mit hinunter in den Hades nehmen, wo ihr bis in alle Ewigkeit in der Dunkelheit verbleiben müsst? Sie sind ja so sensibel! Und genau das ist der Punkt, an dem ihr einhaken müsst, um mit diesen Kerlen zu spielen: Sie sind Einzelgänger und sie stecken voller Probleme. Sie brauchen jemanden, der sich um sie kümmert, während sie ihrer bösen Wege gehen. Macht euch aber klar: Sie sind total böse, abgrundtief böse. Sie haben keine Seele und sie lieben es, gute Mädchen zu verführen. Mit anderen Worten: Sie ziehen wie ein Magnet Teenie-Mädchen an.

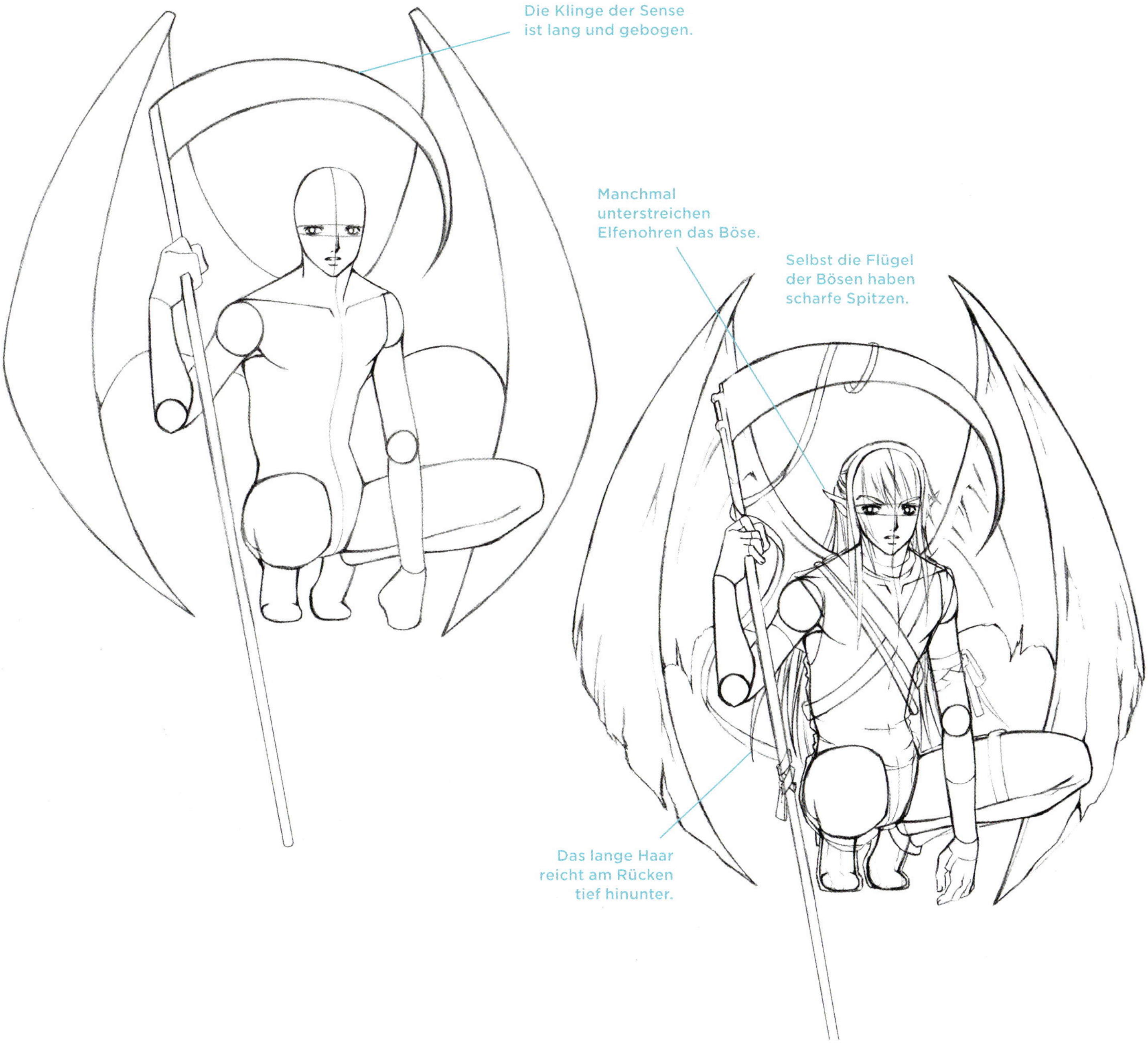

Das Keltische Kreuz kann auch durch ein anderes okkultes Symbol ersetzt werden.

Flügelspitzen biegen sich nach innen aufeinander zu.

Blitz-Tipp

Die Sense ist eine Waffe, die oft als okkultes Symbol verwendet wird.

Junger Gauner in Nadelstreifen

Manga ist Jugend-besessen und aus diesem Grund schlüpfen Jugendliche oft in Rollen, die sonst Erwachsenen vorbehalten sind. Ein Teenager mit glatt zurückgekämmten Haaren, einem bösen Funkeln in den Augen und einem Anzug im Wert von einigen Riesen kann leicht einen bitterbösen Geschäftsmann verkörpern. Es ist auch kein Zufall, dass der Bürostuhl von seinen Proportionen her einem Thron gleicht. Hinzu kommt noch, dass die asymmetrische Pose für die richtige Dynamik sorgt. Ein Arm ist gerade, der andere dagegen angewinkelt. Ein Bein ist oben, das andere unten. Achtet auch auf die Körpergebärde: Der gerade Arm zieht den ansonsten zurückgelehnten Körper leicht nach vorne. Das gibt dem Charakter eine selbstbewusste Haltung, auch wenn er sitzt. Wieder einmal ist es gelungen, durch eine besondere Haltung die Sitzpose interessanter zu machen.

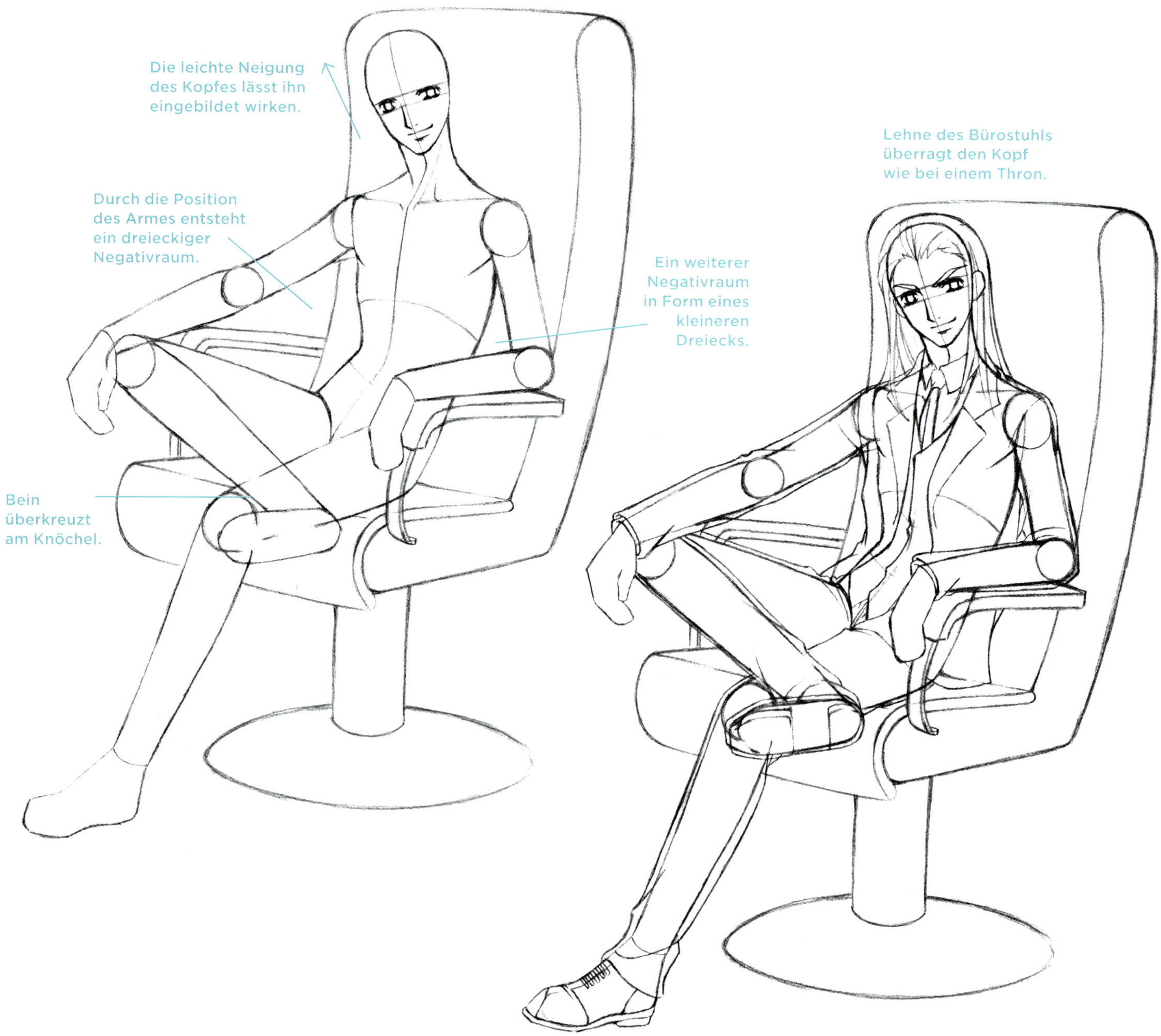

Blitz-Tipp

Wenn ein Charakter sitzt, sollte sein Jackett immer aufgeknöpft dargestellt werden.

Jedermanns Lieblingslehrer

Auch wenn er kein Teeanager mehr ist, dieser gutaussehende Lehrer taucht in unzähligen Shojo-Geschichten über Highschool-Mädchen als Lieblingscharakter auf, und daher wollen wir ihn nicht weglassen. Jedes Mädchen will in seine Klasse, egal, was er unterrichtet. Sein flotter Stil und seine dezente Pose machen ihn zu einem attraktiven Charakter. Das Sakko ist notwendig, um ihn mit einer Erwachsenen-Kleidung auszustatten, obwohl diese, so wie er sie trägt, sehr salopp wirkt. Ein Shirt mit Rundhalsausschnitt ersetzt Hemdkragen und Krawatte und gibt ihm ein jugendliches Aussehen. Auch hier sagt uns die Brille, dass er ein intelligenter Typ ist. Dasselbe trifft auf den Mittelscheitel zu, der ebenfalls für solche Charaktere kennzeichnend ist.

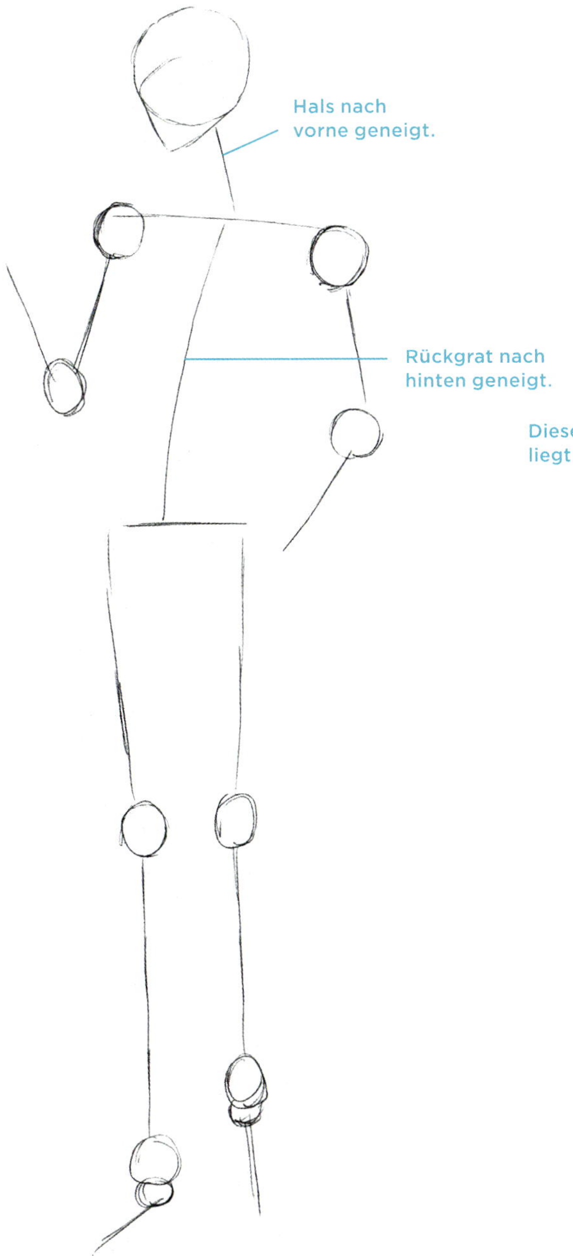

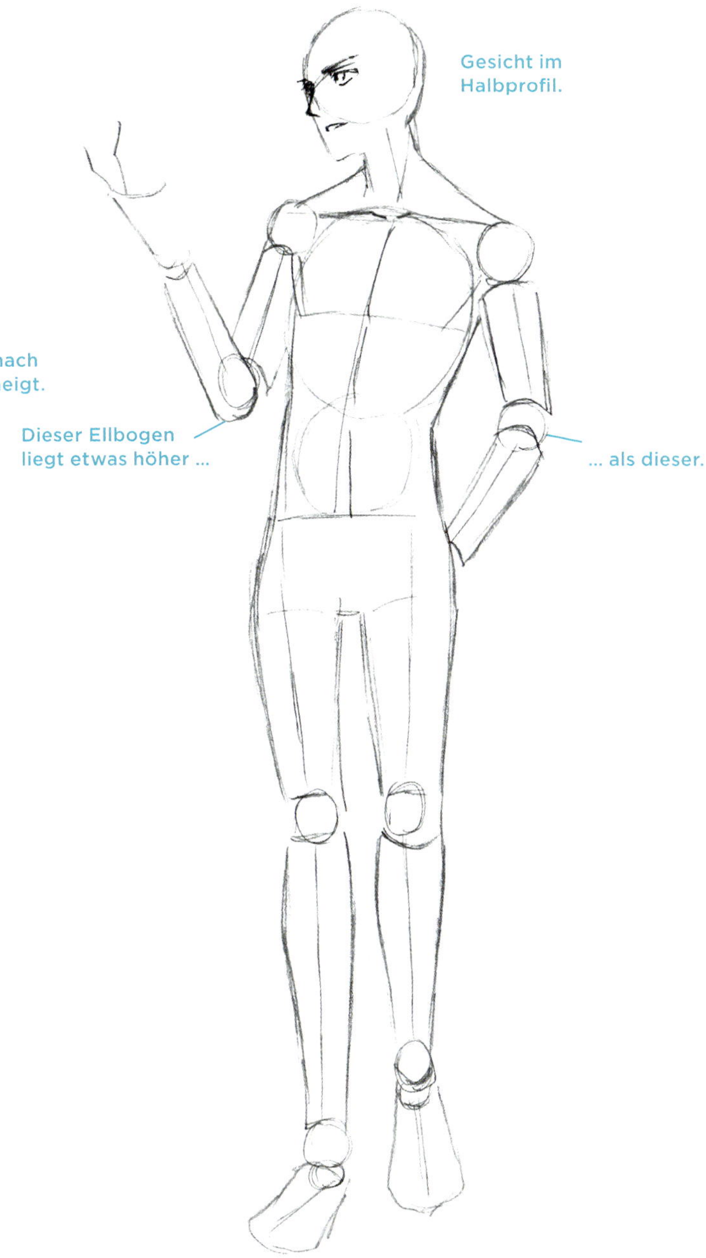

Ellenbogen
außen.
Ellenbogen
innen.

Ritter

Im Gegensatz zu den ernsten, aber unerfahrenen Knappen aus der berühmten Artus-Sage sind Teenie-Ritter in Manga ziemlich gut. Vielleicht haben sie einen Crash-Kurs in der Fechtkunst absolviert. Jedenfalls sehen sie nicht wie Anfänger aus. (Hinweis: Sie tauchen nicht in Geschichten mit Samurai-Schwertkämpfern auf, denn das ist ein anderes Genre.)

Der Ritter kann zwar von Kopf bis Fuß in einer Rüstung stecken, aber wo bleibt da der Spaß? Eure Leser würden euren Charakter nie zu Gesicht bekommen und die Posen wären so dynamisch wie bei einem Kerl, der in einer Getränkedose steckt. Also zieht ihm vorwiegend fetzige Klamotten über, mit möglichst wenig Polsterung und Schutzausrüstung.

Blitz-Tipp

Wenn ihr die Schultern auf einer diagonalen Linie positioniert, entsteht eine dynamische Pose, die „Bereitschaft“ signalisiert.

Samurai

Samurais werden immer mit langem, dramatischem Haar dargestellt. Scheinbar gehen sie alle zum gleichen Friseur. Als Alternative könnt ihr das Haar zu einem Knoten, anstatt einem Pferdeschwanz, binden, aber vorne sollte das Haar lang bleiben. Das hier ist das klassische Samurai-Outfit zusammen mit dem wichtigen, extrem langen Messer. Jawohl, sie shoppen auch alle im gleichen Kaufhaus. Die Unterarm- und Schienbeinschützer sind jedoch optional.

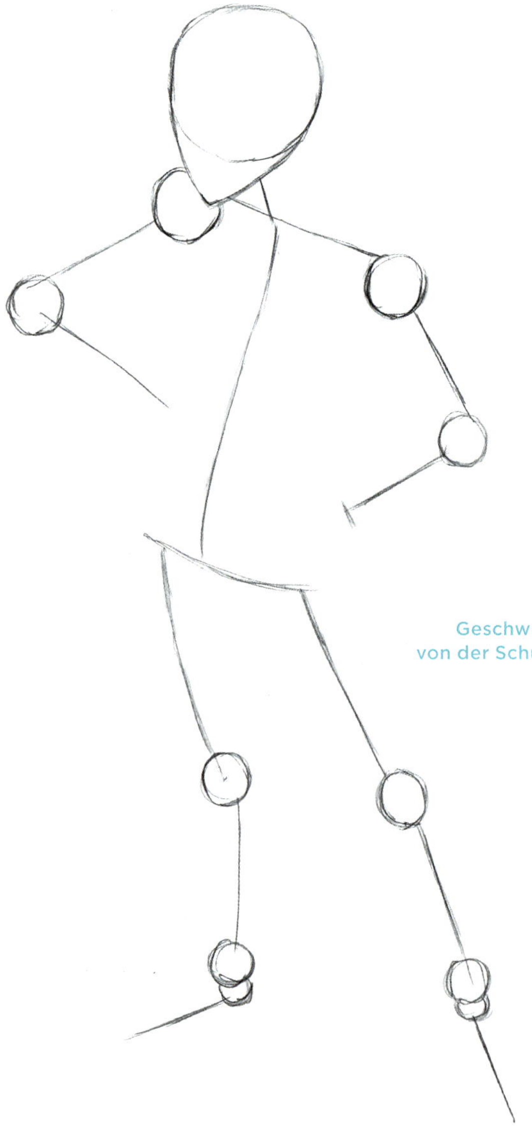

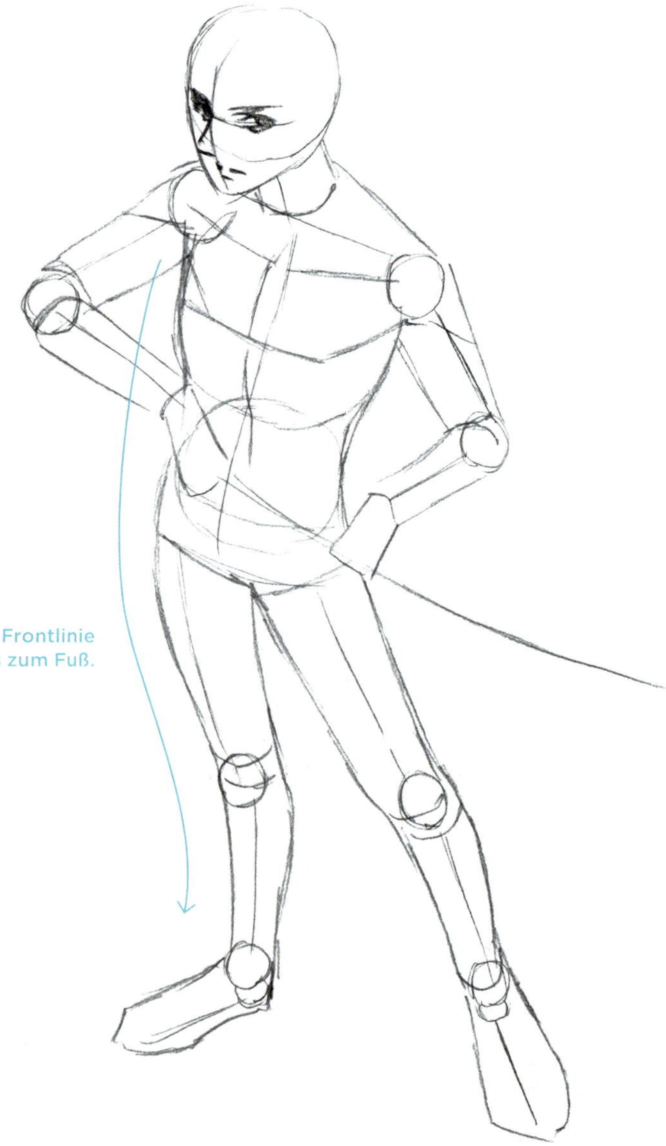

NOCH ETWAS ZUR VOGELPERSPEKTIVE

Das ist ein weiteres gutes Beispiel für eine Aufnahme von einem erhöhten Blickwinkel aus (wenn der Leser von oben auf den Charakter hinunterschaut). Da wir ihn in dieser Perspektive sehen, erscheinen seine Beine ein wenig gestaucht (verkürzt). Ebenfalls aus diesem Grund verdeckt auch sein Kopf die Schulter. Wenn unser Blick von vorne auf ihn fiele, wäre die Schulter deutlich neben dem Kinn zu sehen.

DAS SAMURAI-FARBSCHEMA

Samurais sind ernstzunehmende Kämpfer, daher beinhaltet das Farbschema so viel Rot und Schwarz. Keine fröhlichen Farben, wie Pastellblau, Orange oder – Gott bewahre! – Rosa. Diese Outfits sehen auch beeindruckend aus, wenn sie völlig in Schwarz und Weiß gezeichnet werden.

Zauberer

Teenie-Zauberer können sehr viel ansprechender sein, als die schroffen, alten und bärtigen. Zunächst einmal sind ihre Kostüme nicht auf die lange Robe und den Spitzhut beschränkt. Eher erinnert ihr Outfit an die Motive von paganen Feen. In der Tat, würde man seine Ohren verlängern und ihm Pfeil und Bogen geben, sähe er aus wie eine Bogenschützen-Fee. Aber es ist vor allem die fließende Wirkung seines Lagen-Gewandes, die ihm den richtigen Schwung eines Meister-Magiers verleiht. Ein langer Stab, ein mit Juwelen besetzter Stock oder ein Zauberstab sind gute Accessoires. Auch ein Schwert ist nicht schlecht, obwohl ihn das mehr in das Reich der Fantasy-Kämpfer und nicht der Zauberer rücken würde.

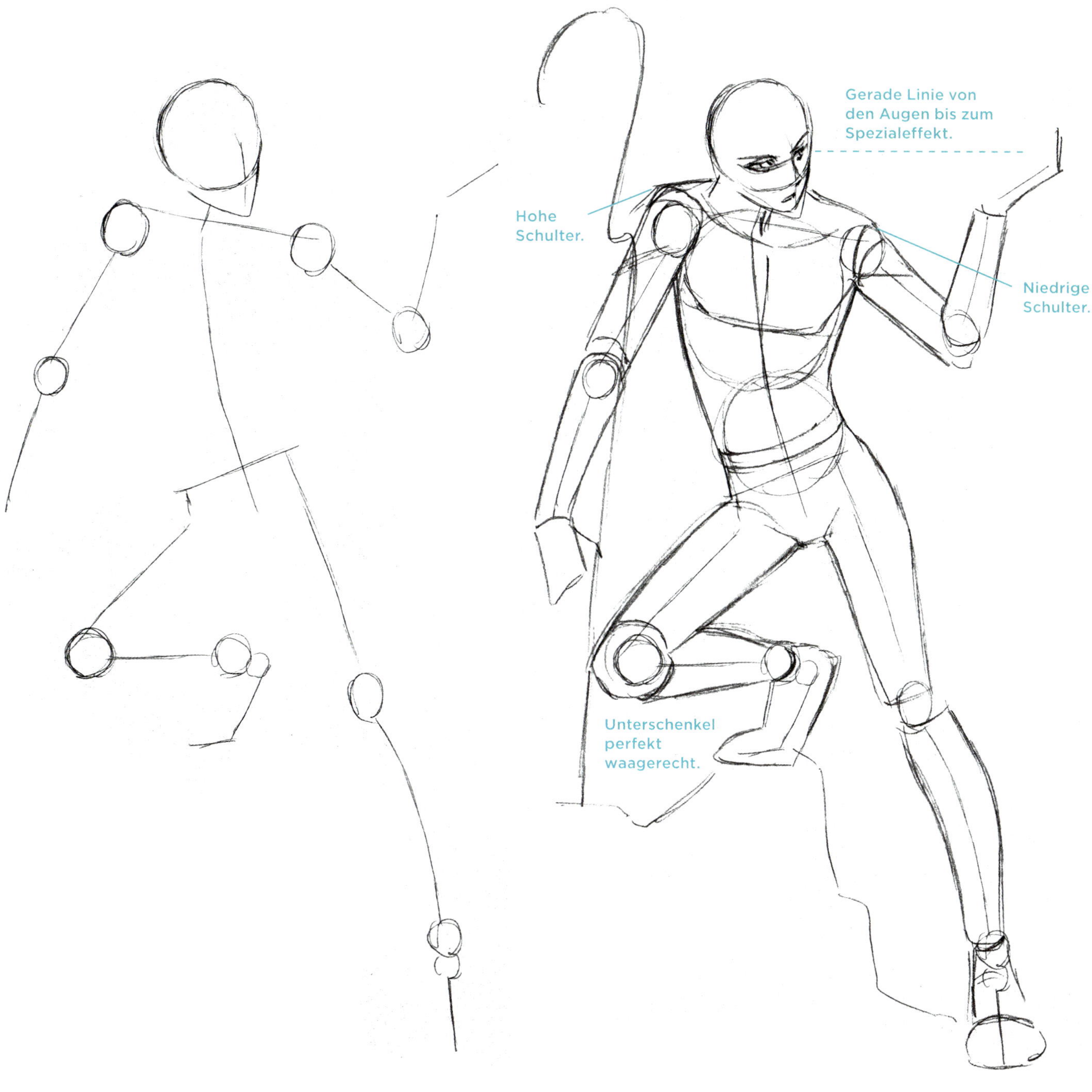

Achtet auf die
natürliche Wölbung
des Unterschenkels.
Die Kleidungsstücke sollten
etwas dramatischer wehen.

SPEZIALKRÄFTE

An die Spezialkräfte, die der Zauberer herbeiruft, solltet ihr nicht erst im Nachhinein denken. Sie sind ein wichtiges Element für das Charakterdesign und geben dem Leser einen eindeutigen Hinweis darauf, dass er mehr als nur ein Sterblicher ist. Ihr könnt jede Spezialkraft nehmen, die euch gefällt:
Gestaltwandlung, Unsichtbarkeit, Gedankenschmelze und so weiter. Dieser Zauberer hat die Fähigkeit, etwas aus dem Nichts zu erschaffen.

DIE SUPERELEGANTEN

Nun bekommt ihr Insider-Informationen über einen Charaktertyp, der im meistgelesenen Manga-Comic von heute ganz oben auf der Beliebtheitsskala steht. Es ist das männliche Modell des älteren Teenager-Charaktertyps: der superelegante Jüngling. Diese Knaben sind die Rockstars in Shojo. Ultrabeliebt bei den Mädchen, jeder will wissen, wie man sie zeichnet – und ihr wisst es nun gleich.

Beim eleganten Typ ist die Mode genauso wichtig wie das Charakterdesign. Teure und stilvolle Kleidung verhilft diesen Jungs zu ihrem protzigen Aussehen. Achtet nicht nur auf die Art der Kleidung, sondern auch auf den Schnitt des Materials (wie die Nähte fallen), damit sie an dem Jungen auch gut aussehen.

Die Schultern dieser Typen sind breit und quadratisch, was den Eindruck von Stärke vermittelt. In vielen Fällen werden sie – obwohl ihre elegante Optik dagegenspricht – als hoch qualifizierte Kämpfer dargestellt. Sie sind lang, schlank und haben eine Statur wie Schwimmer.

Mittlere Statur

Es gibt drei gundlegende Arten von Körperbau für die superelegenten Charaktere: große, mittlere und kleine Statur. Die mittlere findet man in Shojo am häufigsten, danach die große und nicht so oft die kleine. Jede sorgt für einen etwas anderen Eindruck. Der Künstler hat die Aufgabe, durch eine sorgfältige Balance von Männlichkeit und feinen, eleganten Zügen den richtigen Look zu kreieren. Und alles wird mit dünnen Tuschelinien gezeichnet. Wir beginnen mit der mittleren Statur, da sie am häufigsten vorkommt.

Der mittelkräftig gebaute Teenager hat lange Beine, eine schmale Taille und einen kräftigen Brustkorb. Allerdings sind die Arme dünn – vor allem die Unterarme – und auch die Hände sind schmal, was ihn so sensibel wirken lässt. Je schlaksiger der Charakter, desto größer der Abstand zwischen Brustkorb und Hüfte, sodass auch seine Bauch- oder Taillenpartie länger ist. Die Beine und die Arme sind beim älteren Teen länger als bei jedem anderen männlichen Manga-Charakter. Die Schultern sind muskulös und gut ausgeprägt, nur der Trapezmuskel (zwischen Schulter und Nacken) bleibt unauffällig, um zu vermeiden, dass er womöglich wie ein Bodybuilder aussieht. Da der Kopf relativ klein ist, wird das schlanke Erscheinungsbild noch zusätzlich betont. In Modezeichnungen haben die Models immer kleine Köpfe im Vergleich zum übrigen Körper und bei diesen japanischen Teens ist das auch so.

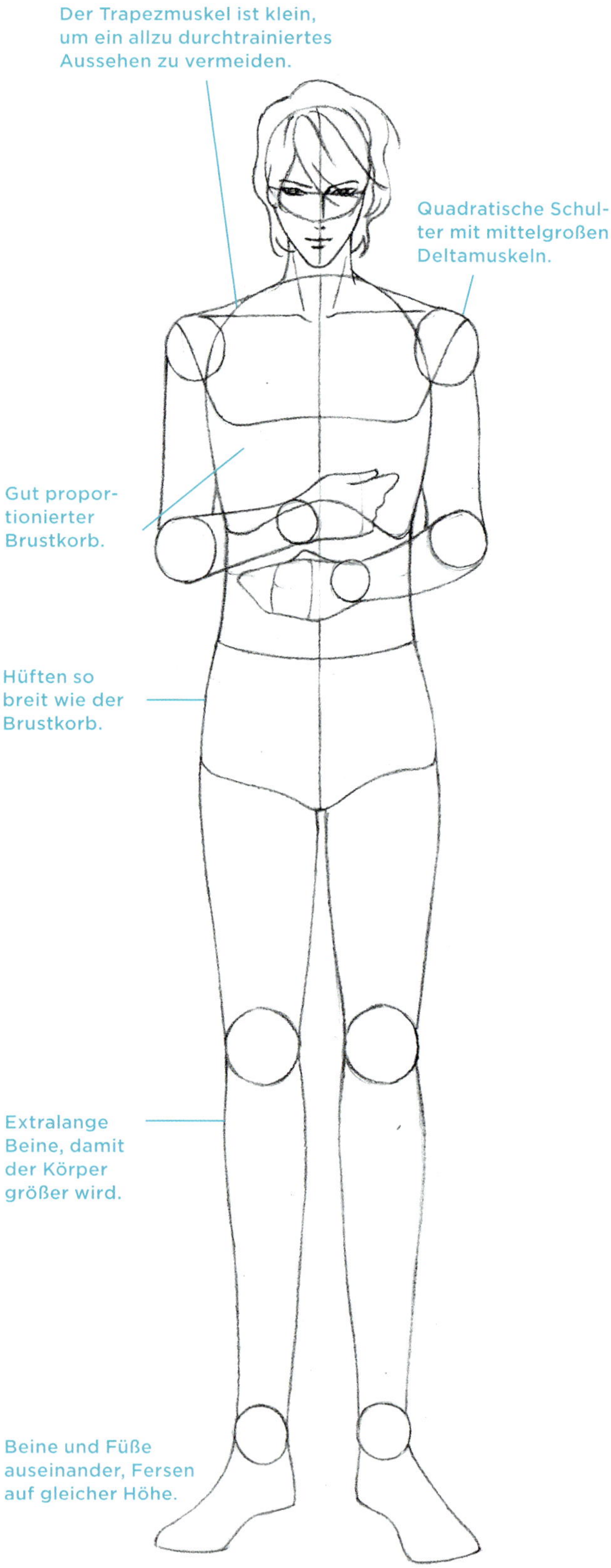

Schultern bilden eine gerade Linie.

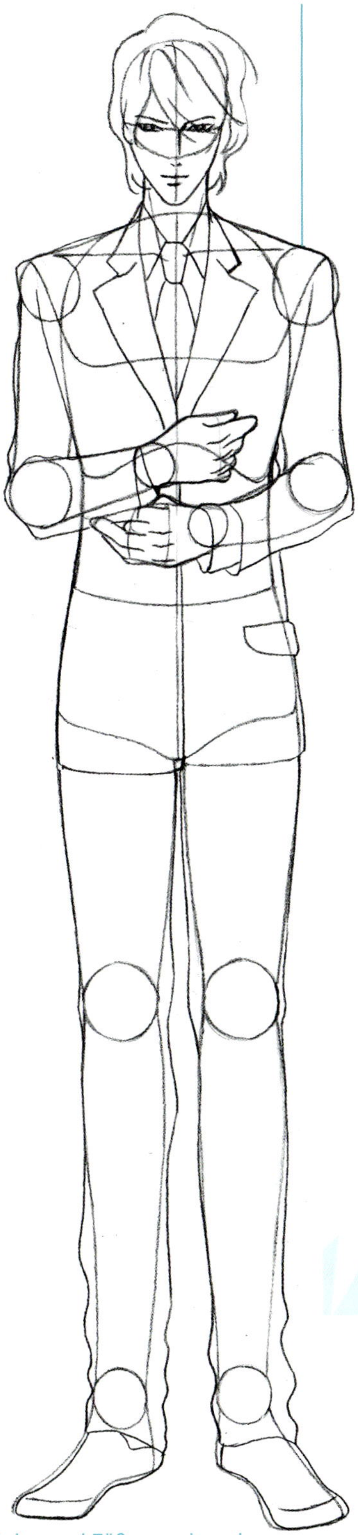

Beine und Füße auseinander, Fersen auf gleicher Höhe.

Blitz-Tipp

Zeichnet die Beine leicht auseinander stehend. Wenn sie wie zusammengeklebt aussehen, wirken sie unnatürlich.

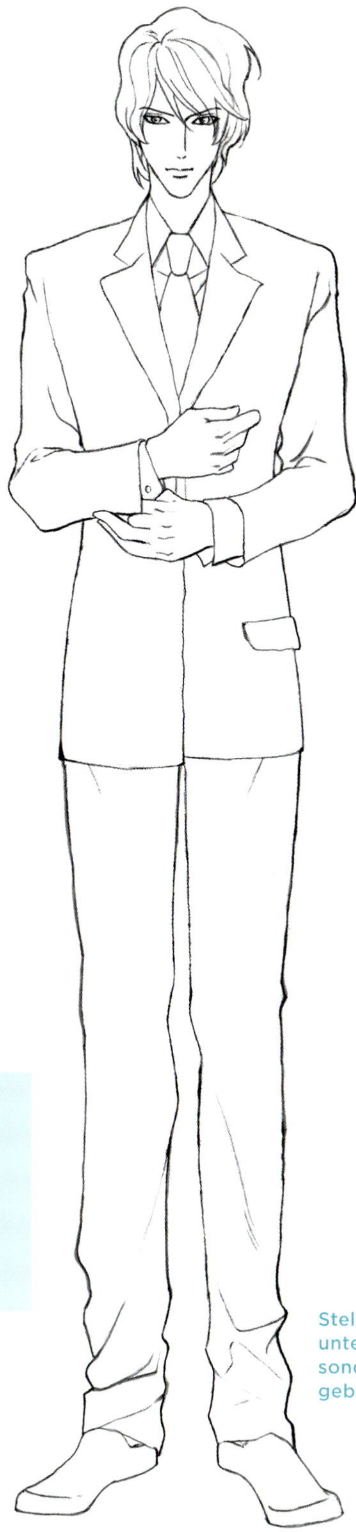

Stellt die Hosenbeine unten nicht gerade, sondern etwas ausgebeult dar.

Anzugjacke bedeckt
die Hüften komplett.

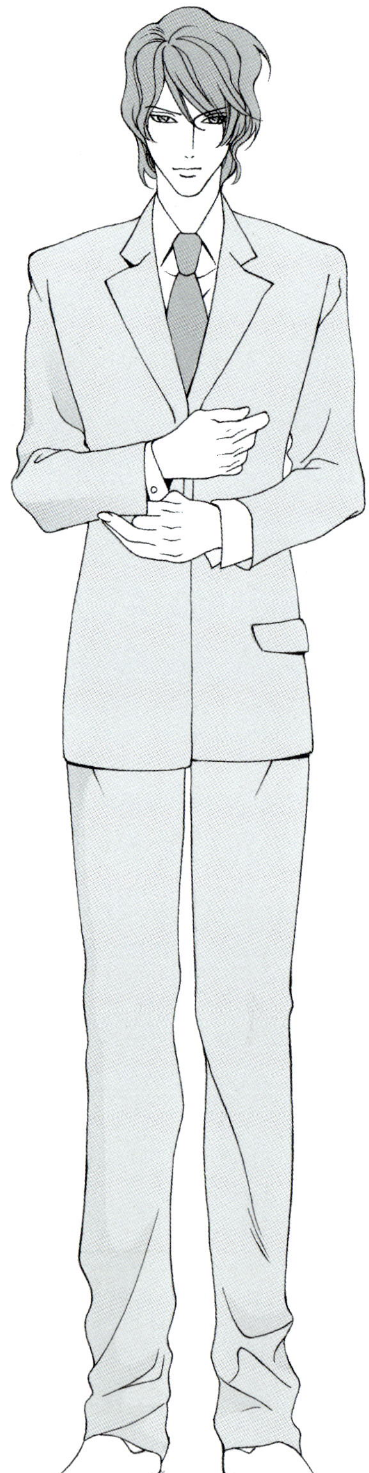

KLEIDUNGSDESIGNS: CASUAL LEGERER URBANER LOOK

Lässige, weit geschnittene Outfits stehen diesen Figuren am besten. Sie geben ihnen ein kantiges, urbanes Aussehen. Das langärmelige Rundhals-Shirt ist eine elegantere Alternative zum T-Shirt und lässt das Outfit komplett erscheinen. Die verschränkten Arme sind eine introspektive Pose für einen introspektiven Charakter.

Als erste Anzeichen für einen etwas ausgewachseneren Körperbau seht ihr, dass die Schultern eine Waagrechte und nicht wie beim jüngeren Teenie eine „Wanne“ bilden, die von der schlaffen Haltung herrührt, für die ihr von eurer Mutter stets einen Rüffel kassiert habt. Der Hals ist nicht mehr so dünn. Der Rumpf ist lang. Aber es deutet auf seine Jugend hin, dass er den Gürtel so weit unten trägt. Je älter man wird, desto höher trägt man den Gürtel – bis er mit siebzig fast auf Brusthöhe sitzt! (Er schleicht sich scheinbar weiter nach oben, wenn man nicht hinsieht.)

Große Statur

Dies ist die zweitbeliebteste Kategorie für den Körperbau der Supereleganten. Die Jungs sind alle groß, haben aber dieselben Proportionen wie ihre Kollegen mit der mittleren Statur: breite Schultern, schmale Taille, lange Beine. Auch sie haben lange, athletische Gliedmaßen und keine Muskelpakete. Oft werden Vampire als Figur mit dieser großen, supereleganten Statur dargestellt, um die von ihrer Person ausgehende Macht und Anziehungskraft zu unterstreichen. Dasselbe gilt für erfahrene Kampfsportler und Samurai. Und auch jeder, der etwas von einem „Bad Boy" im Blut hat, ist ein guter Kandidat für diese Art von Charakterdesign.

Wenn ihr die Proportionen einer mittleren Statur für einen großen Charakter ausbaut, bleibt der Kopf in derselben Größe und nur der Körper wird gestreckt. Es ist genau dieses verschobene Größenverhältnis von Kopf zu Körper, das den Charakter noch beeindruckender aussehen lässt. Würde man Kopf- und Körpergröße in gleichem Maße erhöhen, hätte der Charakter dasselbe Aussehen wie zuvor, er wäre nur einfach vergrößert. Sobald sich jedoch die Proportionen selbst unterscheiden, erzielt ihr eine größer aussehende Figur. Wie ihr seht, wirkt nur der Kopf im Vergleich zum Körper etwas klein.

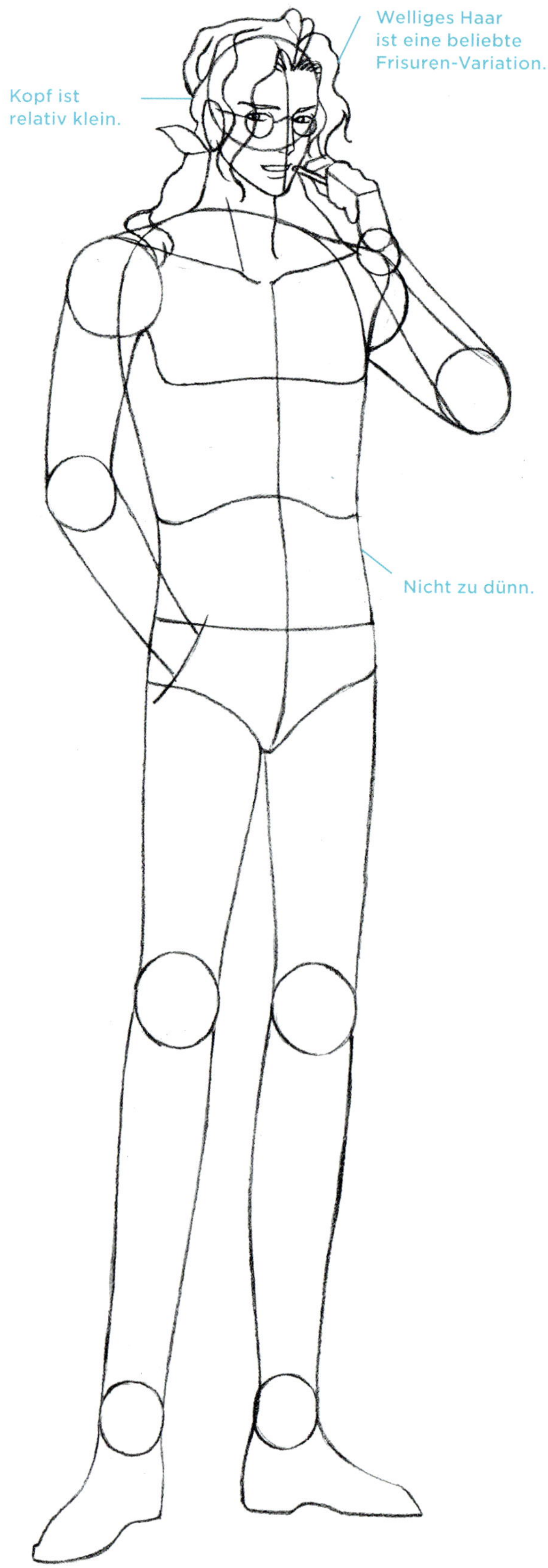

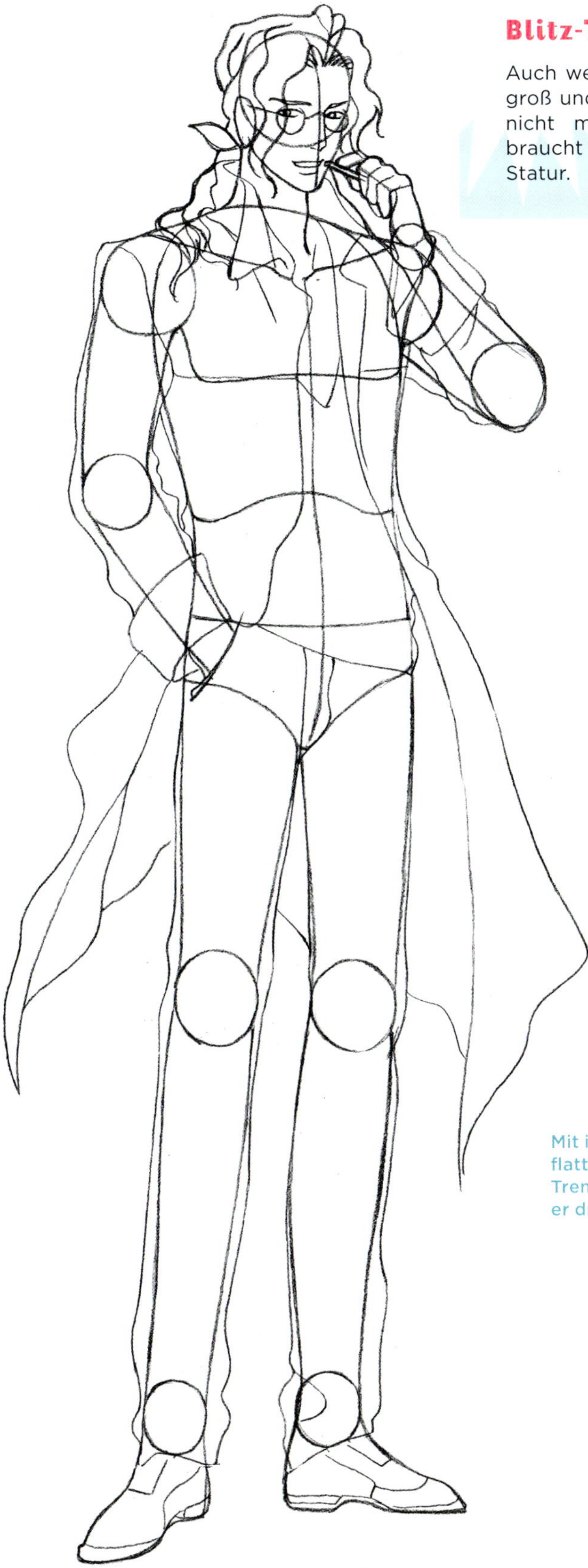

Blitz-Tipp

Auch wenn der Charakter groß und dünn ist, darf er nicht mager wirken. Er braucht eine kraftvolle Statur.

Mit im Wind flatterndem Trenchcoat wirkt er dramatischer.

ALTERNATIVE KLEIDUNGSDESIGNS

Das kurze Haar, gestuft, aber vorn ins Gesicht fallend, lässt diesen Trendsetter links im Bild distanziert und übellaunig wirken. Sein gesamtes Design ist kantig: schmale Augen, dünne, spitzwinkelige Augenbrauen. Der Kiefer ist sehr markant und verjüngt sich zum Kinn hin. Die Schultern sind quadratisch. Im Großen und Ganzen ist die gesamte Silhouette eher rechteckig. Seine sportliche Kleidung deutet darauf hin, dass er einer Athletik-Mannschaft angehören könnte. Mit der Sporttasche bekommt er ein Requisit und zudem etwas in die eine Hand. Andere Requisiten könnten ein Tennis-, Golf- oder Hockeyschläger sein, oder auch Schlittschuhe. Wie man sieht, tragen die Reißverschlüsse an Hemd und Jacke sowie die aufgesetzten Hosentaschen viel zum sportlichen Look bei.

Im Kontrast dazu zeigt sich der Charakter daneben mit einem selbstbewussten Grinsen. Sein Haar ist etwas durcheinander, allerdings mit Absicht. An sich ist alles an ihm extrem lässig – auf eine durchdachte Art und Weise. Vor Typen wie diesem haben euch eure Mütter immer gewarnt. Kaum haben sie ein Herz gebrochen, steuern sie schon das nächste Opfer an. Aber Shojo-Mädchen-Charaktere können diesen Jungs, die nur schwer zu haben sind, kaum widerstehen und so gehören sie als Bad Boys zum Grundbestand der Manga-Comics. Obwohl dieser hier ein T-Shirt mit V-Ausschnitt trägt, sieht man die bösen Jungs oft auch mit nacktem Oberkörper oder nur mit einem offenen Hemd bekleidet. Der Anhänger deutet, wie jeder Schmuck bei Männern, auf seine rebellische Natur hin. Und die Sandalen sind wohl nicht nur salopp, sondern eher unpassend – vor allem, falls er so bei euren Müttern aufkreuzt.

Kleine Statur

An dritter Stelle der beliebtesten supereleganten männlichen Charaktere stehen die hübschen Knaben von kleiner Statur, die generell als Sensibelchen mit viel androgyneren Zügen als die beiden vorherigen Typen dargestellt werden. Sie wirken oft etwas schwermütig und isoliert – sogar in Menschgruppen, weil sie sich gern von den anderen abkapseln. Junge Mädchen finden sie aufgrund ihrer ruhigen zurückhaltenden Art, ihres guten Aussehens und ihrer Hilflosigkeit faszinierend.

Die Schultern sind zwar immer noch quadratisch, aber nicht so breit. Schmale Schultern lassen die Statur schmächtig erscheinen. Auch der kleinere Brustkorb trägt dazu bei, dass ihr Auftritt nicht sehr kraftvoll wirkt. Die Beine sind nicht so lang wie bei einer mittleren oder großen Statur. Außerdem sehen diese Charaktere jünger aus als die der beiden vorherigen.

Dieser Fan der japanischen Popkultur hier trägt die passenden Klamotten, um ein Konzert oder eine Anime-Veranstaltung zu besuchen, wo schrille Kleidung angesagt ist. Sein Aufzug ist sowohl von der Farbe als auch von der Form her eine kreative Mischung und sieht aus, als hätte er einen Gebrauchtwarenladen überfallen. J-Pop- oder J-Rock-Typen tragen immer sehr außergewöhnliche Sachen. Einige, wie dieser hier, lassen bei ihren Outfits die 1960er Jahre anklingen (erkennbar an den Batik- und den aufgedruckten Tiermustern). Wie kaum ein anderes Jahrzehnt haben die 60er Jahre die Modewelt beeinflusst und nachhaltig geprägt, sodass der typische Stil dieser Zeit bis in die heutigen Tage extrem beliebt blieb und immer wieder für frischen Wind und neue Trends in der Modeszene sorgt.

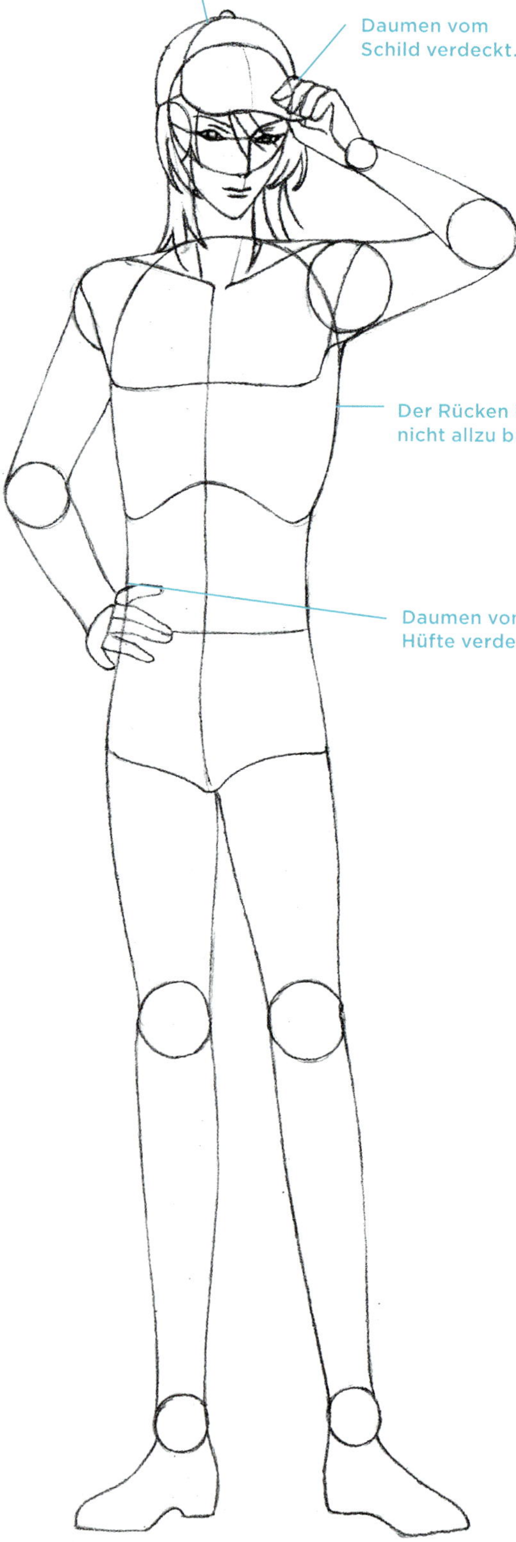

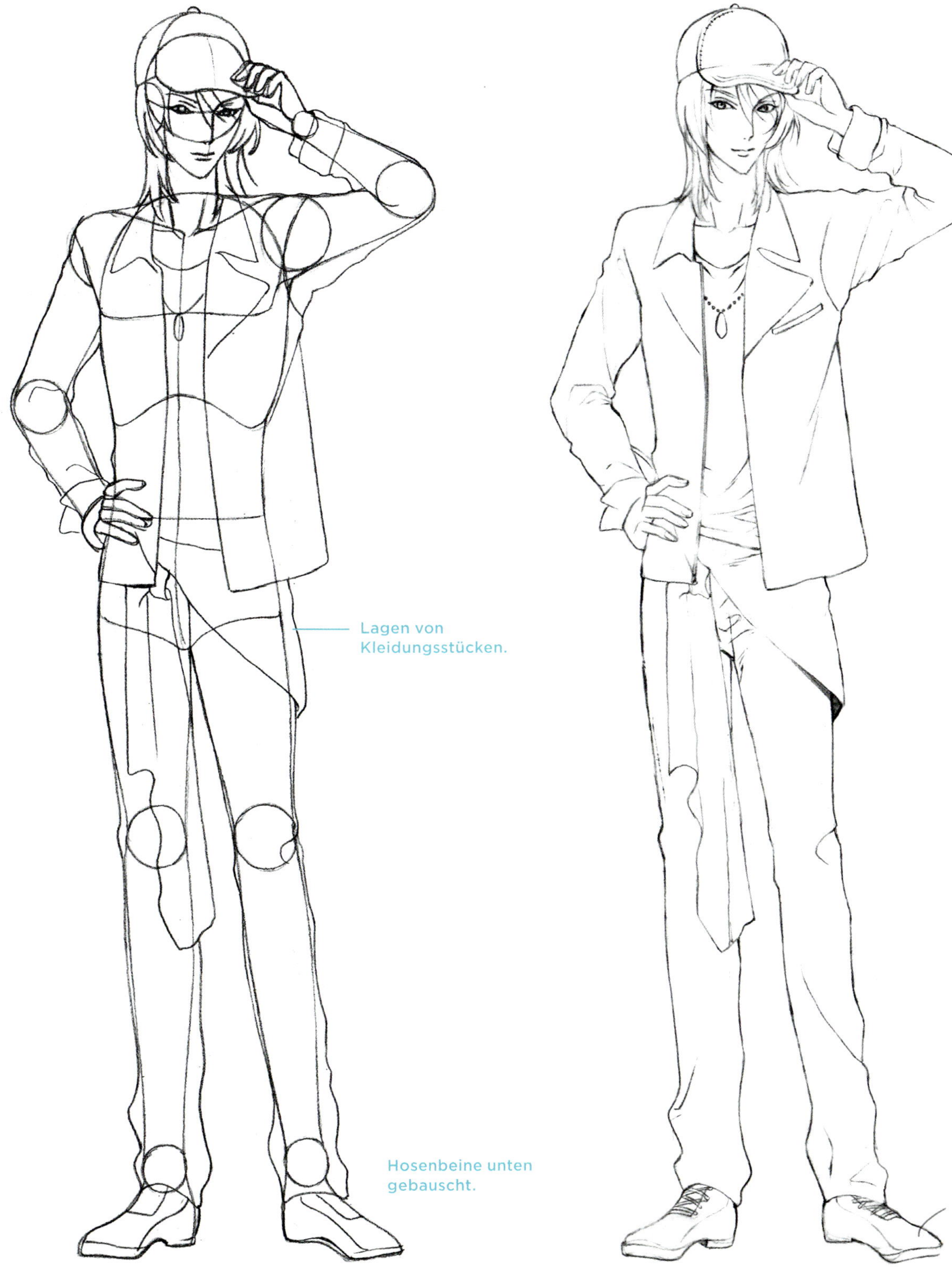
Lagen von
Kleidungsstücken.
Hosenbeine unten
gebauscht.

Coole Muster im Stil der 60er Jahre.

ALTERNATIVE FRISUREN & KLAMOTTENDESIGNS

Viele der supereleganten Charaktere haben so lange Haare, dass sie oft von Manga-Unkundigen für Mädchen gehalten werden. Jedem Mangaka (Manga-Künstler) aber ist natürlich klar, dass ein Charakter ohne übertrieben viel Eyeliner und üppiger Wimpernpracht – oder weiblichen Rundungen – niemals eine Frau sein kann.

Das lange Haar gibt den männlichen Manga-Charakteren dieses dramatische Äußere, das man als omnipräsent für die Männer-Idole dieses Genres bezeichnen kann. In der Regel fällt das Haar entweder stufig bis über die Schultern, wie hier bei der linken Figur, oder es weht poetisch im Wind. Und vergesst nicht, dass auch schwarzes Haar weiße Strähnchen oder „Glanzlichter" braucht. Ohne diese Glanzstellen wirkt das Haar stumpf und leblos.

Dass die kleinen supereleganten Jungs oft Einzelgänger sind, lässt sich am besten durch die Kostüme ausdrücken: Der rechte Typ hat die Mütze tief ins Gesicht bis knapp über die Augen gezogen, was verrät, dass er ein Einzelgänger ist. Dann stellt ihr ihn anstatt in einer adretten Schuluniform besser in einer lässigen Weste und Jeans dar – etwas, das man eher bei Straßenjungs sieht. Das ist ein schlichtes, aber wirksames Design.

Aber macht beim Designen eurer Charaktere und Kostüme nicht zu viel des Guten. Bei einer Außenseiterfigur braucht ihr keine zerrissene Hose, Ohrringe, kurze Ärmel, Stachelfrisur und Augenklappe! Das geht vielleicht im Shonen-Stil von Manga (dem Heavy-Action-Genre) klar, aber im Shojo-Stil solltet ihr euren Charakter nicht unter einem Berg von Requisiten begraben. Es genügen ein paar Andeutungen wie die Kappe und die Weste, und der Leser kann sofort seine Persönlichkeit einschätzen.

DAS Geheimnis des Erfolges

UNERFAHRENE ZEICHNER MÜHEN SICH **oft redlich ab, die Gesichter und Körper richtig hinzubekommen, aber am Ende wirken die Posen häufig uninteressant. Was ist schiefgelaufen? Das unschätzbar wertvolle Geheimnis beim Zeichnen, von dem die meisten Anfänger noch nie etwas gehört haben, und das ohne viel Aufwand eine Anfängerarbeit in die eines Fortgeschrittenen verwandelt, ist die Neben- oder Zweitaktion.**

Wenn der Charakter eine Hauptaktion (wie Stehen, Sprechen oder Gehen) ausführt, die häufig für sich betrachtet nicht besonders spannend ist, liegt die Lösung darin, ihm noch etwas zu tun zu geben – eine Kleinigkeit, die er gleichzeitig nebenher machen kann. So wird der Charakter für den Betrachter interessanter. Vielleicht läuft sie und spricht gleichzeitig in ihr Handy. Vielleicht sitzt er da und schreibt sich etwas auf – mit anderen Worten: Er tut etwas. Glaubt mir, diese kleinen Kniffe haben in Bezug auf die Energie und Vitalität einer Pose eine gewaltige Wirkung. Und sie sind sowohl technisch als auch praktisch so simpel, dass ihr sie sofort einbauen könnt. Seht euch die Beispiele in diesem Kapitel an, überzeugt euch selbst und entscheidet dann, was interessanter aussieht. Fertig?

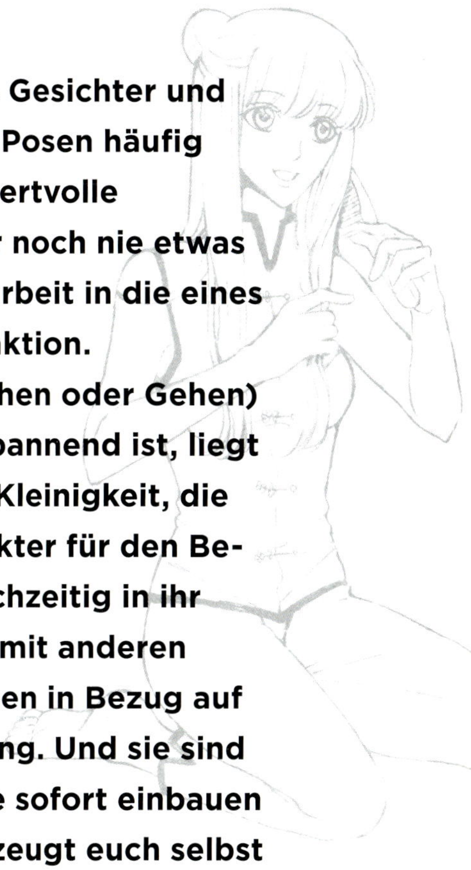

STEHEN

Herumstehende Charaktere, die nichts zu tun haben, sind des Künstlers schlimmster Feind. Ihr müsst den Kampf gegen diese einschläfernden Szenenkiller aufnehmen, indem ihr, wie hier gezeigt, eure Inszenierung mit ein paar Nebenaktionen aufpeppt.

HAUPTAKTION: STEHEN (IN EINEM GESPRÄCH)

Stehen und dabei sprechen (was nicht als eine Zweitaktion zählt) ist eine der häufigsten Posen in Manga-Comics. Aber wenn der Charakter stets mit geöffnetem Mund nur neben seiner Sprechblase steht, ist das todlangweilig. Eine Handbewegung wie diese im Bild hilft zwar ein wenig, doch der Energiefluss geht noch immer gegen null. Weniger Energie ist okay, wenn der Charakter nur einfach zuhört, aber dieser Teenager leitet das Gespräch. Wie viele Teenager kennt ihr, die dabei kaum Energie versprühen und fast einschlafen?

NEBENAKTION: IN DER TASCHE WÜHLEN

Die einfachste und schnellste Lösung besteht darin, dass ihr eine Zweitaktion einfügt. Alles, was die Figur tun muss, ist, beim Reden ein wenig in der Tasche zu kramen – und schon wirkt sie plötzlich aktiv und steht nicht nur passiv herum. Ihre Haltung verliert die Steife und das Requisit, ihre Handtasche, wird in die Handlung mit einbezogen.

HAUPTAKTION: STEHEN (IN EINEM GESPRÄCH)

Wow! Wenn wir schon bei steif sind! Diese Zeichnung schreit nach einer Nebenaktion. Er sieht aus, als hätte ihn die Aufmerksamkeit im Stehen gelähmt oder die Totenstarre dabei übermannt – ich bin mir nicht sicher, was von beiden. Aber das ist eine Pose, wie man sie oft in Anfängerarbeiten findet.

NEBENAKTION: KLEIDUNG ZURECHTZUPFEN

Ein rasches, kleines Zurechtrücken seiner Manschette (ob nötig oder nicht) ist alles, was man braucht. Seht ihr, wieviel entspannter er mit den leicht gebeugten Armen wirkt? Er blickt auf seine Ärmel und starrt somit nicht permanent geradeaus in Richtung des Gesprächspartners – Panel für Panel. So wird der Rhythmus unterbrochen. Das ist eine schöne Methode des Storytelling in Comics.

GEHEN

Gehen ist eine Pose, die sich gar nicht so leicht zeichnen lässt, wie man gemeinhin annimmt. Die Arme bewegen sich vor und hinter dem Oberkörper, die Finger sind leicht gespreizt, aber er hält nichts in Händen. Es ist schwer, das so darzustellen, dass es natürlich wirkt. Und hat man es dann endlich, sieht die Pose gar nicht so interessant aus!

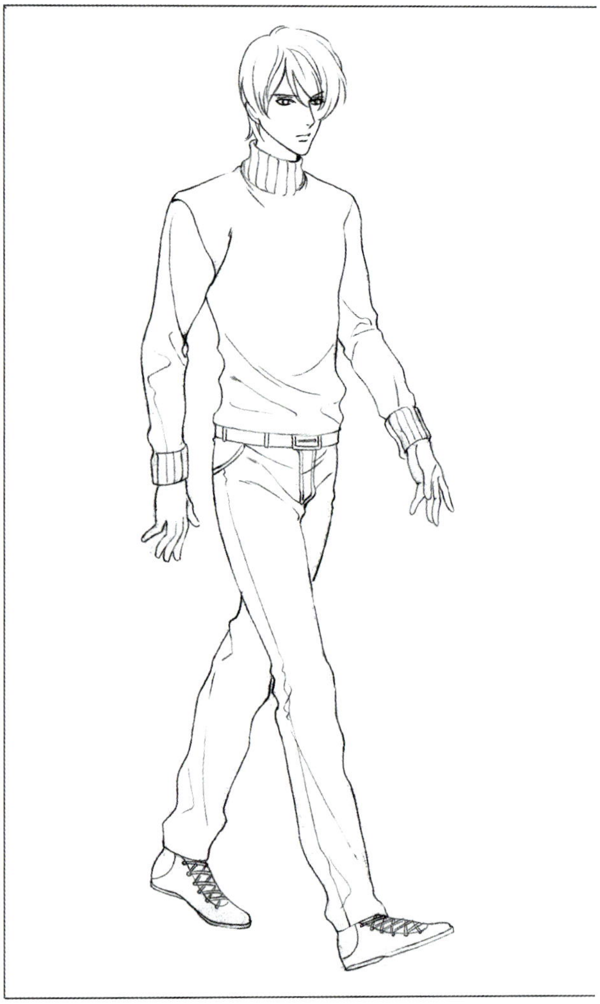

HAUPTAKTION: GEHEN

Der Typ spaziert scheinbar ohne Sinn und Zweck vor sich hin. Was könnte man tun, damit es etwas interessanter aussieht? Wie wär´s mit einer zweiten Aktion, durch die er noch eine weitere Aufgabe und eine Beschäftigung für seine Hände bekommt?

NEBENAKTION: HUND AUSFÜHREN

Wenn ihr den Teenie mit Hund darstellt, gebt ihr ihm nicht nur eine Handlung, ihr suggeriert auch eine Geschichte. Plötzlich besteht die Möglichkeit, dass er mit seinem Hund jemanden trifft, vielleicht ein Mädchen, ebenfalls mit Hund, in einer Szene mit Park. Der Blick des Besitzers ist auf seinen Hund gerichtet, sodass beide in Beziehung stehen. Er starrt nicht mehr geradeaus ins Leere, wie zuvor, als recht ziellos herumspazierte.

HAUPTAKTION: SPAZIEREN GEHEN

Dieser Charakter befindet sich sicher auf einem Spaziergang – aber ehrlich gesagt, schläfert mich seine Pose ein! Das Problem bei dieser Zeichnung ist recht typisch – nicht nur für Anfänger, auch für viele Profis: Die Darstellung selbst ist wunderbar, aber zu statisch. Die Arme hängen an den Seiten, die Hände haben nichts zu tun. Warum ändern wir das nicht, um die Szene zu beleben?

NEBENAKTION: GESPRÄCH AM HANDY

Etwas so Schlichtes wie ein Handygespräch bringt richtig Leben in den Charakter. Wir können uns nun vorstellen, dass er kurz vor einem Treffen mit dem Gesprächspartner (vielleicht seine Freundin) steht. Der Spaziergang bekommt plötzlich mehr Tempo –nicht, weil sein Gang anders dargestellt wurde (was auch nicht der Fall ist), sondern weil er zudem angeregt spricht. Wir wollen wissen, was gesprochen wird, und das zieht uns, im Gegenteil zum anderen Bild, in die Szene hinein.

SITZEN

Da Sitzen per Definition eine inaktive Pose ist, scheint es ja nicht verkehrt, wenn ein sitzender Charakter keine Nebenaktion hat. Das funktioniert zwar, aber nur in gewissen Grenzen. Wenn ihr jedoch eine lebhafte Figur mit einer quirligen Persönlichkeit zeigen wollt, müsst ihr dieser eine Nebenaktion geben.

HAUPTAKTION: SITZEN

Dieser Charakter wirkt mit den zusammengepressten Knien und den darauf gestützten Händen sehr verkrampft. Es steckt eine ganze Menge Anspannung in dieser Pose.

NEBENAKTION: SIMSEN

Die Leute simsen während sie alles Mögliche tun: reden, einkaufen, essen. Auf diese Weise könnt ihr sie schnell als typischen Teenager, der ständig unter Strom steht, definieren und somit einen hochinteressanten attraktiven Charakter schaffen, der im Gegensatz zum vorherigen, eher introvertierten Bild, die Blicke der Leser anzieht.

HAUPTAKTION: AM SCHREIBTISCH SITZEN

Steif hinter einem Schreibtisch zu sitzen, den Rücken kerzengerade, und aufmerksam den Unterricht zu verfolgen ist zwar sicher das, was einen Lehrer glücklich macht, jedoch kein besonders guter Anblick für einen Manga-Charakter. Nicht entspannt genug. Nicht aktiv genug. Nicht interessant genug.

NEBENAKTION: NOTIZEN MACHEN

Nun ist er über sein Papier gebeugt und notiert rasend schnell alles mit, was seine Lehrerin (nicht im Bild) gerade vorträgt. Beachtet, dass sein Rücken nun nach vorn gebeugt und nicht mehr am Stuhl angelehnt ist. Diese Szene ist viel mitreißender. Wir spüren jetzt den Druck und wissen, dass wir in einem Klassenzimmer sind!

HAUPTAKTION: SITZEN (BEIM REDEN)

Diese Pose ist gut, so wie sie ist. Das Mädchen ist hübsch, hat ein offenes Gesicht und sieht ansprechend aus. Sie gestikuliert sehr schön mit der Hand. Und dennoch, wenn ihr immer euer Bestes geben wollt, bleibt die quälende Frage: Kann ich mehr daraus machen? In diesem Fall könnte die Pose ein wenig fröhlicher sein, findet ihr nicht? Sie sitzt etwas fade und brav da. Das erfüllt seinen Zweck, begeistert aber nicht. Und wir möchten den Leser begeistern. Werfen wir also zum Vergleich einen Blick aufs nächste Beispiel.

NEBENAKTION: SCHUHE SCHNÜREN

Was bedeutet es wohl, dass sie sich ihre Schuhe schnürt? Es bedeutet, dass sie sich zum Aufbruch fertig macht. Nun ist sie aktiv, eine Gal, die immer auf dem Sprung ist, während sie zuvor recht inaktiv wirkte. Und durch das Augenzwinkern an die Leser kommt etwas Pfiff, Witz und ein Hauch von Flirtstimmung hinzu. Genauso könnte sie zum Beispiel den Reißverschluss ihrer Weste schließen, ihre Stiefel anziehen (leichter zu zeichnen als das Binden der Schnürsenkel), ihre Kapuze zurechtrücken oder ihre Handschuhe überstreifen.

KNIEN

Auf den Knien zu sitzen ist eine feminine Pose, die Passivität vermittelt. Hier das Beispiel für eine Situation, der wir vielleicht keine Nebenaktion zufügen möchten, weil der Charakter sonst zu lebhaft wirkt. Immerhin ist sie süß und ruhig, und so soll sie auch sein. Dennoch …

HAUPTAKTION: KNIEN (BEIM REDEN)

Wenn ihr eine Nebenaktion findet, mit der ihr die Weiblichkeit der knienden Figur verstärken und ihr gleichzeitig eine Beschäftigung für die Hände geben könnt, wäre das eine positive Bereicherung für diese an sich recht statische Szene.

NEBENAKTION: HAARE BÜRSTEN

Die Lehre dabei ist, dass jede noch so eintönige Nebenaktion, ob die Figur Haare bürstet oder Kleidungsstücke auszieht, immer interessanter ist als das Nichtstun.

Kombination ist alles

WIR SIND NUN AN EINEM PUNKT im Buch angelangt, an dem wir auf Riesenfortschritte zurückblicken können. Wir haben Charaktere und Posen jeglicher Art gezeichnet und entworfen. Jetzt haben wir noch die Möglichkeit, zwei oder mehrere Charaktere zusammen in eine Szene zu setzen. Der Anfänger zeichnet zwei Figuren in einer Szene, indem er sie einfach in einem Panel starr aufklebt. Aber wie ihr sicher schon erraten habt, ist es damit nicht getan. Um die Szene zum Leben zu erwecken, müssen die Charaktere visuell miteinander verknüpft werden. Das erfordert einiges an Inszenierung, Posen und Layout. Im Folgenden findet ihr all die Tipps, die ihr zum Starten braucht.

ZUSAMMENSPIEL DER CHARAKTERE

Wir erkunden nun, wie man den Energiefluss zwischen den Charakteren mit etwas Schlichtem und Spaßigem ankurbeln kann: Wir bringen einen kuscheligen kleinen Kumpel ins Bild. Mit zwei interagierenden Persönlichkeiten haben wir eine Szene. Darüber hinaus ist die Hinzunahme eines Haustiers eine todsichere Methode, die Herzen der Leser im Sturm zu erobern. Die kleinen Lieblinge sorgen immer für ein willkommenes Element von Niedlichkeit im Comic. Und da die Tiere klein und leicht zu zeichnen sind, ist die Komposition ein Kinderspiel. Wir müssen uns in diesem Stadium noch nicht einmal um den Hintergrund kümmern.

DIREKTER BLICKKONTAKT

Oh ja – das ist gut – ein bisschen mehr links bitte – perfekt! Der Welpe ist im siebten Himmel, weil er am Kopf gekrault wird. Zum Kitzeln braucht man nur die Fingerspitzen, zum Kraulen auch die Handfläche. Achtet darauf, wie die beiden Charaktere in direktem Blickkontakt stehen und wie stark dadurch das Gefühl von Liebe vermittelt wird. Außerdem seht ihr, dass durch die Platzierung der beiden Charaktere auf verschiedenen Ebenen – einer liegt oben auf dem Bett, der anderen unten am Boden – der visuelle Anreiz viel höher ist, als wenn sich beide auf dem Boden befänden, doch dazu erfahren wir mehr auf Seite 178.

Der Blick macht´s

Der Blickkontakt ist wichtig – ob sich eure zwei Charaktere gegenseitig anschauen, oder nicht. Neben dem direkten Blickkontakt gibt es auch die Möglichkeit, dass ein Charakter seinen Blick auf den anderen richtet, während dieser ganz woandershin schaut. Und eine weitere besteht darin, dass ein Charakter die Leser anschaut, sie für sich gewinnt und mit in die Szene hineinzieht.

KEIN BLICKKONTAKT

Hier haben wir nur einen Charakter mit Blickkontakt zum anderen: Das Mädchen schaut seinen Hund an, während dieser mit etwas anderem beschäftigt ist – mit genüsslichem Schnüffeln. Das ist ein niedlicher Moment. Das Mädchen übernimmt die Sichtweise des Lesers als jemand, der den Hund betrachtet, während dieser hingegen ganz auf den Knochen fixiert ist. Der Hund nimmt quasi eine Jagdhaltung ein, was urkomisch ist, denn immerhin ist er auf der Jagd nach einem leblosen Knochen! Zum Jäger wird er so wohl kaum, aber das verraten wir ihm nicht. Man sieht, dass der Hund auf der Suche nach seiner Belohnung sein Frauchen umkreist, weil sie mit dem Rücken zum Hund sitzt. Dank ihrer Pose wirft sie aber auch einen süßen Blick über die Schulter auf ihren Liebling.

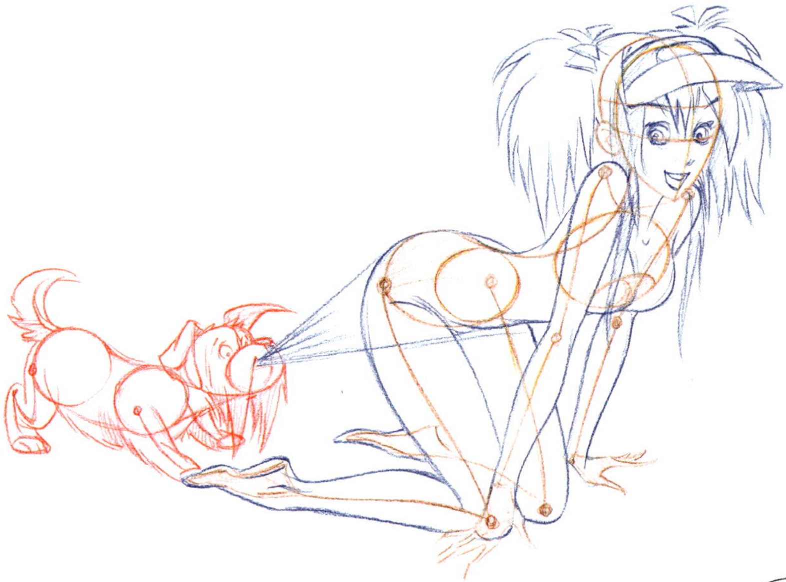

BLICKKONTAKT MIT DEM LESER

Falsch gedacht, Hündchen! Nicht den Rock – den Ball! Schnapp dir den Ball! Hier haben wir das klassische Tauziehen mit einem Hund. Leider sollte er stattdessen „Hol-den-Ball“ spielen! Seht ihr, wie das Mädchen die Leser direkt anschaut und spielerisch in die Szene hineinzieht. Positioniert den kleinen Racker tief am Boden, damit sein Zerren richtig gut wirkt. Wichtig ist auch, welche Art von Hund ihr für diese Szene wählt. Es gibt Zwerghunde, die sehr zierlich wirken und somit nie in der Lage wären, derart fest zu ziehen. Nehmt also lieber einen Terrier. Die sind zwar klein, aber drahtig und zäh. Platziert den Ball im Vordergrund und zeichnet ihn möglichst groß, sonst kann der Leser den Witz nicht erkennen.

IN DIESELBE RICHTUNG BLICKEN

Katzen marschieren bedenkenlos über alles hinweg, sogar über ihre Besitzer. Hier nutzt das Kätzchen die Beine des Mädchens als Brett, um näher an den Schmetterling heranzukommen, von dem es so fasziniert ist. Katzen haben ein erstaunliches Talent, alles mit den Augen zu verfolgen. Setzt ihnen etwas, das sich bewegt, vor die Nase und sie fixieren es mit den Augen wie ein Radarsystem. Die Katze ist wie hypnotisiert vom Schmetterling, der sie damit neckt, dass er sich knapp außerhalb ihrer Reichweite hält. Der seitlich geneigte Kopf der Katze unterstreicht den glücklichen, neugierigen Anstaun-Blick. Diese klassische Kopfneigung passt auch bei Hunden. Die beiden Hauptfiguren (Mädchen und Katze) haben dieselbe Blickrichtung, fixiert auf den Schmetterling.

Verspielte Posen

Es gibt kaum einen besseren Weg, um das Flair einer Spiellaune zu vermitteln, als irgendein Tier, das herumpurzelt und sich überschlägt. Das klappt immer, ob der Charakter nun ein Hund, eine Katze – oder sogar ein Mädchen ist! Hier hält das Mädchen das Kätzchen, als ob es ein knuddeliges Baby wäre. Auf der gegenüberliegenden Seite wird die Spielfreude eher durch den „Eigensinn" der Katze bestimmt.

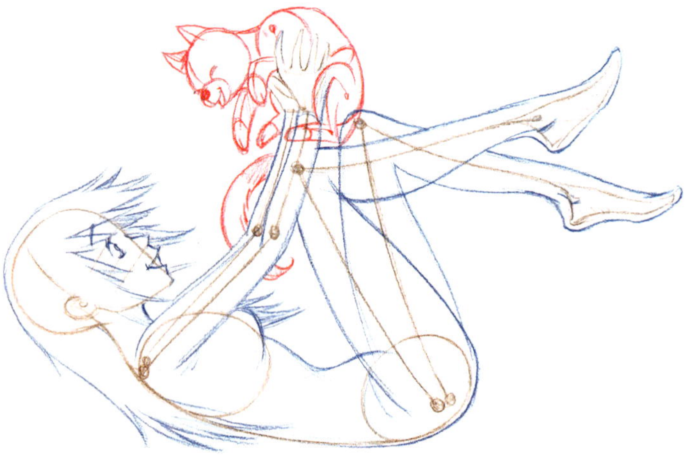

EIN CHARAKTER HEBT DEN ANDEREN HOCH

Hier wollt ihr die Kommunikation zwischen zwei Charakteren in diesem Moment zu zweit zeigen. Wählt dazu am besten die Seitenansicht, dann könnt ihr sie sowohl Gesicht zu Gesicht als auch im Profil darstellen. Die Pose des Mädchens wirkt, da es die Katze weit über den Kopf hebt, besonders aktiv. Dennoch vermittelt sie auch ein starkes Gefühl der Verbundenheit, weil das Mädchen seinen Kopf zum Kätzchen hin hebt. Dieses Verbundenheitsgefühl wäre nicht so deutlich spürbar, wenn das Mädchen mit dem Kopf flach am Boden läge. Daher half der Künstler beim Anheben nach, indem er einen riesigen Teddybär unterm Kopf platzierte. Die Leser halten das Plüschtier für ein Requisit, das dorthin gehört, aber es ist ein Hilfsmittel, damit der Kopf höher liegt und die Komposition besser aussieht. Künstler treffen ständig Entscheidungen wie diese, und der Leser weiß nicht, weshalb die Requisiten da sind.

NACH OBEN UND NACH UNTEN SCHAUEN

In dieser simplen Szene schaut das Mädchen nach unten und versucht, seiner behäbigen Katze eine Antwort zu entlocken, während diese vor ihm sitzt und sich zufrieden alle Versuche vorführen lässt. Wer hat noch nicht erfolglos versucht, eine Katze zu animieren, etwas zu „tun"? Der Witz liegt darin, dass bei diesen beiden die Kleinere der „Boss" ist. Da man die Katze aus diesem Blickwinkel nur von hinten sieht, müsst ihr sie besonders rund und pummelig darstellen. Auf diese Weise wird ihre Niedlichkeit hervorgehoben und die Tatsache kompensiert, dass ihr Gesicht nicht zu sehen ist.

PIN-UPS

Nun greifen wir auf alle Grundsätze zurück, die wir bislang in diesem Buch gelernt haben, und setzen sie kombiniert ein, um Mini-Geschichten in Form von Szenen, Pin-ups genannt, zu schaffen. Pin-ups werden vorwiegend in Comicromanen verwendet und sind Ganzfigurenbilder, riesige Panels, die jeweils eine ganze Seite füllen. Sie bringen mehr Spannung und visuelle Reize in eine Geschichte, weil sie die fortlaufende Bilderfolge mit kleineren Panels unterbrechen, die ansonsten nach etlichen Seiten oft langweilig wirkt. Für Künstler ist das Zeichnen der Pin-ups ein Vergnügen, weil man seine ganze Energie in den Aufbau eines einzelnen, abgeschlossenen Bildes stecken kann. Man kann also richtig in den kreativen Prozess eintauchen. Dennoch brauchen diese Pin-ups, damit es Szenen und nicht nur hübsche Zeichnungen werden, bestimmte Elemente:

- Prinzipiell mehrere Charaktere, die miteinander interagieren.
- Einen erkennbaren Schauplatz, auch wenn es ein erfundener oder abstrakter ist.
- Eine Handlung. Die Charaktere müssen etwas tun. Sie können nicht nur planlos posieren.
- Charakterausprägung. Sie sind zum Beispiel süß, böse, gut, eifersüchtig usw.
- Etwas Besonderes in der Szene.

Quatschen am Telefon

Hier ein Bild mit zwei Shojo-Girls, die sich am Handy richtig ausquatschen. Ist es nun ein gewöhnliches Panel oder qualifiziert es sich als Szene für ein Pin-up? Mal sehen, ob unsere Anforderungen erfüllt sind:

- Gibt es mehr als einen Charakter? Check. (Es gibt zwei Mädchen, die miteinander interagieren.)
- Gibt es einen erkennbaren Schauplatz? Check. (Es gibt zwei Schlafzimmer.)
- Tun die Charaktere etwas? Check. (Sie sprechen am Handy miteinander.)
- Gibt es eine gute Charakterausprägung? Check. (Die Mädchen sind gesprächige, niedliche Teenies.)
- Gibt es etwas Besonderes in der Szene? Check. (Die Mädchen sind Freundinnen, die eine lebhafte Unterhaltung führen.)
- Alle fünf Punkte positiv. Jawohl, es ist eine Szene, bereits mit Story – und das macht sie zu einem guten Pin-up-Panel – ihr könnt ihm eine ganze Seite geben.

GEINKTE VERSION

Das ist die Phase des Prozesses, in dem die Kleidung hinzugefügt ist und jeder Stoff im Hintergrund seinen Faltenwurf und seine Knitter bekommt. Sämtliche Details werden eingezeichnet. In diesem Schritt wird auch die Bleistiftzeichnung geinkt. Nach dem Inken ist es eine Tuschezeichnung, die dann für den Druck einer Manga-Graphic-Novel verwendet werden kann. Einige Künstler überzeichnen die Bleistiftstriche mit Tusche, andere verwenden einen Leuchtkasten zum Durchpausen, um ihre Bleistiftstriche mit Tusche auf einem separaten Blatt Papier nachzufahren, und behalten auf diese Weise ihr Original in Bleistift.

FARBVORSCHLAG

Die westliche Leserschaft (vor allem in Amerika) bevorzugt eine Kolorierung im Anime-Stil, auch als Cel-Shading bekannt, mit flächigen Farben und harten Rändern. So sehen sie es vor allem in Fernseh-Animationen. In der Regel aber kennen sie den anderen, in Japan weitverbreiteten Stil der Shojo-Kolorierung nicht, der weicher ist, ohne harten Ränder und mit eher fließenden Farbübergängen. Im Folgenden seht ihr einige Beispiele für diese weiche Kolorierung im Shojo-Stil. Es ist gut, sich mit beiden Ansätzen vertraut zu machen.

ZUR VERWENDUNG DIESER PIN-UP-BEISPIELE

Ebenso wie die Charaktere in diesem Buch, werden auch die Szenen hier nach der Schritt-für-Schritt-Methode präsentiert. In den ersten Schritten sind die Linien der Hintergründe „durch" die Charaktere gezogen, damit ihr genau sehen könnt, wie sie in Bezug auf die Figuren verlaufen. Da diese Hintergründe hier sehr komplett sind, könnt ihr ruhig etliche Details weglassen und habt dann immer noch eine sehr gute Szene. Wie viele Details ihr übernehmen möchtet, liegt ganz bei euch. Aber ihr findet hier alle (auch die Schatten an der Wand) für den Fall, dass ihr auf einen ganz professionellen Look abzielt.

Kampf um das Mädchen

Zwei Jungs. Ein Mädchen. Das könnte ein Problem geben. Das Bild ist leicht diagonal gezeichnet: Die senkrechten Linien des Gebäudes wie auch die Personen stehen schräg. Da es wie gekippt erscheint, wird es „tilted frame" genannt und in der Regel dazu benutzt, um die dramatische Spannung in einer Szene zu erhöhen.

Außerdem ist die ganze Szene hauptsächlich vertikal angelegt und gezeichnet. Achtet darauf, dass Charaktere und Haus senkrecht positioniert sind – nichts verläuft waagerecht. Mit dieser Art von Komposition könnt ihr mehrere Charaktere auf sehr kleinem Raum platzieren, ohne dass es gequetscht wirkt.

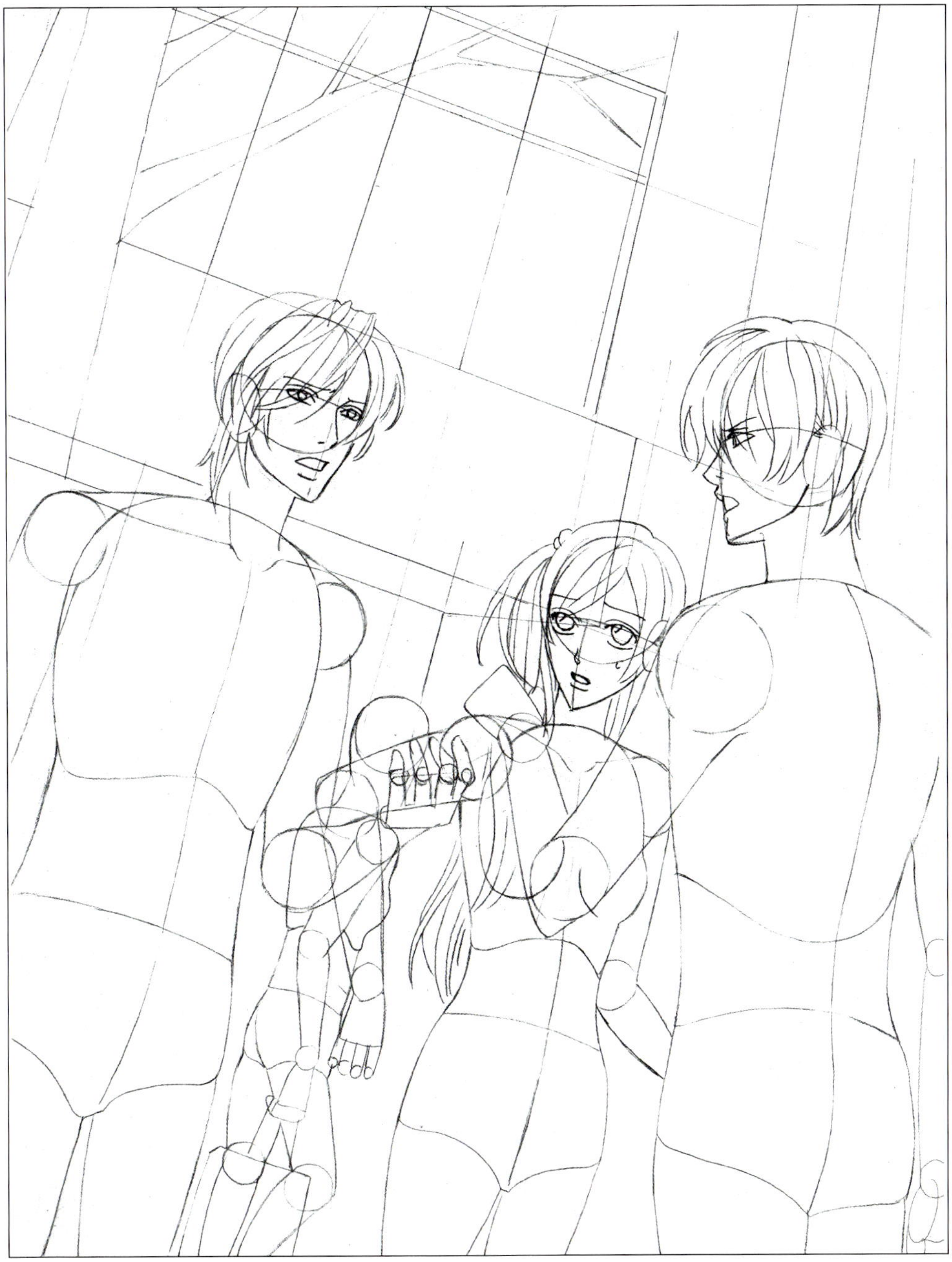

GEINKTE VERSION

Wenn die Perspektive nicht absichtlich verzerrt ist, wie es manchmal bei breiten Panoramen vorkommt, müssen Gebäude mit dem Lineal gezeichnet werden. Sobald sie freihand gezeichnet und ein wenig verwackelt sind, lenken sie die Aufmerksamkeit auf sich. Das wollt ihr nicht! Ihr wollt, dass die Häuser in den Hintergrund treten und nicht auffallen, damit der Fokus auf den Charakteren im Vordergrund bleibt. Zeichnet also die Gebäude nicht nur mit dem Lineal, sondern gestaltet sie auch sehr schlicht. Das bedeutet, keine Silhouetten von Leuten hinter besonderen Fenstern und keine Wasserspeier oder einzeln gezeichneten Mauersteine. Nichts, was den Hintergrund herauspoppen lässt. Nehmt für Hintergründe keine dicken, sondern dünne Striche. Je dünner, desto besser.

FARBVORSCHLAG

Hier spiegelt die Farbe der Haut wider, dass die Gemüter der Charaktere langsam hochkochen. Der Hautton enthält mehr Orange, wodurch er Feuer bekommt und die Temperatur der Szene noch um ein oder zwei Grad aufheizt. Genauso ist das Haus gelblich und violett, wodurch es wie gebrannt aussieht. Die Temperatur steigt, gleich kommt es zu einer Explosion. So können Farben die Spannung einer Szene spiegeln.

Party machen

Wir machen Party ... und wer hat diese Jungs eingeladen? Diese freundlichen ungebetenen Gäste akzeptieren kein Nein als Antwort. Sie lassen einfach ihr Lächeln aufblitzen und hoffen, dass ihr Charme den Rest erledigt. Beachtet, wie das Auge im Uhrzeigersinn von den Jungs zu den Mädchen auf der Couch wandert, dann zu dem Mädchen am Tisch und wieder zurück zu den Boys. Mit anderen Worten, die Platzierung der Figuren veranlasst euer Auge zu einer Endlosschleife, weshalb es innerhalb des Panels bleibt.

Außerdem überschneiden sich hier viele Dinge, wodurch ein Gefühl von Tiefe entsteht. Die Girls auf der Couch verdecken zum Teil die hereinkommenden Jungs und das Mädchen rechts den Tisch. Durch all dies entsteht zwischen Hinter- und Vordergrund eine schöne Dynamik.

GEINKTE VERSION

„Sich in Schale werfen“ gehört beim Shojo-Manga zum Vergnügen, und die Leser sehen so was gerne. Es ist eine Welt voller schicker Klamotten und toller Locations. Ob sie einen millionenschweren exotischen Wagen fahren, unverschämt teure Klamotten tragen oder in ferne Luxushotels jetten, unsere Charaktere führen das Leben, von dem wir alle nur träumen können.

FARBVORSCHLAG

Welches Mädchen gibt die Party? Die Brünette natürlich. Warum? Weil sie diejenige ist, die das rote Kleid trägt. Durch diese gewagte Primärfarbe, anstelle eines gedeckten oder pastellfarbenen Tons, hebt sie sich von den anderen Girls und sogar den Jungs ab. Das lebhafte Rot unterstreicht ihre Rolle als Hauptfigur auf dem Blatt.

Magical Girl im Kampf mit Magical Boy

In dieser aufregenden Szene kämpft ein Magical Girl mit einem Magical Boy (noch ein Charakter des Shojo-Manga). Obwohl der Junge über beträchtliche Kräfte verfügt, übertrumpft ihn das Mädchen mit seinem Arsenal: Sie hat einen Drachen, der sie als Freund beschützt! Das ist kaum zu übertreffen. Hier ist zu beachten, dass in der Szene eine ganze Menge los ist, weshalb die Figuren in gegenüberliegenden Ecken des Panel positioniert sind. Es ist sogar viel zu viel Action im Gange, um sie beide in der Mitte zu platzieren. Das würde zu einer, wie man als Künstler sagt, „Ermüdung des Auges“ führen. Durch die gewählte Position entsteht im Zentrum optisch eine Pause.

GEINKTE VERSION

Selbst aus der Ferne scheinen die beiden Figuren zu interagieren. Mit dem auf den Magical Boy gerichteten Finger und dem Drachen, der nach vorne gebeugt ihm Feuer entgegenspeit, übernimmt das Mädchen die Rolle des Angreifers. Der nach hinten geneigte Junge ist der Verteidiger. So zeigen ihre Posen, wie sie einander ausspielen. Achtet darauf, dass es im Hintergrund weder Waagerechten noch Senkrechten gibt. Das ist für abstrakte Fantasy-Szenen typisch, sie arbeiten für die Umgebung eher mit organischen bogenförmigen Designs.

FARBVORSCHLAG

Es ist immer verlockend, sich an Stereotype zu halten, was in diesem Fall heißen würde, dass der Drachen grün wäre. Doch dadurch würde er eher wie ein „Spaziergänger", eine mittelalterliche Eidechse wirken. Stinkfade. Auch hätten ein blauer Magical Boy und ein grüner Drache nah beieinander liegende Farbwerte, sodass die Bildelemente verschmelzen würden. Das will sicher niemand, vor allem weil die beiden Charaktere in der Geschichte auf verschiedenen Seiten stehen (sie sind jeweils des anderen Erzfeind). Hier prallen die Farben aufeinander, wodurch noch deutlicher wird, dass es sich um eine Kampfszene handelt.

INDEX